Coordinación editorial: M.ª Carmen Díaz-Villarejo
Diseño de colección: Gerardo Domínguez
Maquetación: Macmillan Iberia, S.A.

© Del texto: Luisa Villar Liébana, 2012
© De las ilustraciones: Emilio Urberuaga, 2012
© Macmillan Iberia, S.A., 2011
    c/ Capitán Haya, 1 - planta 14. Edificio Eurocentro
    28020 Madrid (ESPAÑA). Teléfono: (+34) 91 524 94 20

GRUPO MACMILLAN: www.grupomacmillan.com

ISBN: 978-84-15430-76-6
Depósito legal: M-18635-2012
Impreso en China / *Printed in China*

www.macmillan-lij.es
www.miraquienlee.com

ESTE LIBRO PERTENECE A:

Luisa Villar Liébana

MISTERIO EN EL VESTUARIO DE FÚTBOL

Ilustración de Emilio Urberuaga

Cloti, la gallina detective

y el conejo Matías Plun

MACMILLAN
Infantil y Juvenil

Las Gallinas Coloradas

Don Mentolín, el presidente del Real Club Deportivo Las Gallinas Coloradas, estaba muy preocupado. Todos en el club lo estaban, especialmente él y la junta directiva. Últimamente, el equipo no ganaba ningún partido y nadie sabía por qué.

¿Por qué últimamente Las Gallinas Coloradas perdían siempre? Nadie lo sabía. ¿Qué les sucedía? Nadie tenía una respuesta.

Con media liga avanzada, *Las Coloradas*, un equipo galáctico considerado el **mejor del mundo**, había pasado de ganar casi siempre a perder todos los partidos. Hacía dos meses que no lograban sumar un solo punto y sus mayores adversarias, las del Verdes Fútbol Club, un equipo estratosférico, las superaban ya.

No se trataba solo de la liga. Por desgracia, *Las Coloradas* también perdían en la liga de campeones y en los partidos de copa.

Si seguían así no ganarían ninguna competición. Y eso que la inversión del presidente había sido morrocotuda. Aquel año se había gastado hasta la camisa en la compra de jugadoras. Era verdad. ¡Hasta había subastado su mejor colección de corbatas!

Don Mentolín, además de aficionado al fútbol, sobre todo a su equipo, era un pavo superelegante, barrigudo, calvo, con bigote y muy trajeado que coleccionaba corbatas. De todos era conocida su inclinación por este complemento masculino en todas sus variedades, que lucía en los palcos las tardes de fútbol. Tanto que muchos aficionados, en lugar de don Mentolín, lo llamaban don Corbatín.

El asunto empezaba a ser grave. Si *Las Coloradas* no ganaban ningún torneo, sería una catástrofe.

Y eso que don Mentolín había cambiado cuatro veces de entrenador, había reforzado el equipo en el mercado de invierno, incentivado a las jugadoras con premios si ganaban los partidos, e incluso bajaba al vestuario para animar.

Todo inútil. Nada daba resultado. *Las Coloradas* seguían sin conocer la victoria y la imagen que iban dejando en los campos donde jugaban era desastrosa.

Un misterio.

Lo peor del caso era que no quedaba nada por hacer, lo habían intentado todo, excepto... Don Mentolín propuso algo muy atípico en la última reunión de la junta directiva del club.

—Podíamos llamar a... –sugirió.

No se atrevió a acabar la frase. Lo que iba a proponer a él mismo le parecía una idea bastante extravagante: llamar a Cloti, una detective. ¿Qué podía hacer un detective por un equipo de fútbol? Seguramente lo que sucedía era que las jugadoras se comportaban como gandulas en el campo.

La idea de contratar a una detective sonaba, en efecto, extravagante. Sin embargo, la propuesta quedó aprobada por unanimidad. Lo habían intentado todo sin resultado; y, además, Cloti era muy conocida en Villa Cornelia a causa de los muchos misterios investigados y casos resueltos, y a nadie se le ocurría una idea mejor.

Cloti era una gallina muy especial, la gallina más trepidante del planeta. Parecía despistada, pero en realidad era muy observadora. Siempre lo observaba todo. Y, con su aguda inteligencia, era capaz de resolver los enigmas y misterios más escalofriantes.

Tenía una agencia de detectives y su ayudante era Matías Plun.

—¿Estás dispuesta a investigar? –le preguntó el presidente por teléfono.

—¿Qué quiere que haga exactamente? –le preguntó la detective a su vez.

—Lo que yo quiero es una respuesta. Saber qué les pasa a mis jugadoras, por qué pierden, con eso me daré por satisfecho.

No repares en gastos, tendrás todo lo que necesites. ¿Aceptas el caso?

—Lo pensaré –dudó Cloti–. Mañana le daré la respuesta.

Debía pensarlo antes de aceptar porque ella no entendía nada de fútbol. Antes de hablar con don Mentolín, ni siquiera sabía que existían Las Gallinas Coloradas.

Bueno. Eso tampoco era del todo cierto. ¿Quién no conocía la existencia de Las Gallinas Coloradas? Un equipo galáctico del que se hablaba en los medios de comunicación deportivos de todo el mundo, con un montón de trofeos ganados a lo largo de su historia que el club exhibía en sus vitrinas, cuyas adversarias, Las Verdes estratosféricas, le disputaban los títulos.

Cloti solía oír la radio, donde, se quisiera o no, se hablaba mucho de fútbol. Sintonizaba programas musicales y a veces se interrumpía la melodía para dar los resultados del último partido, y cosas así.

Conocía la existencia del equipo y lo que don Mentolín le acababa de contar, nada más. El asunto era para pensarlo antes de aceptar.

Salió al jardín y se sentó en el columpio. Un ligero balanceo la ayudaba a concentrarse. El caso la tenía desconcertada.

Si un equipo perdía, ¿no era una cuestión deportiva? ¿Qué pintaba ella en un asunto así? En fin. Si aceptaba, investigaría y haría un informe con el resultado. ¡Quién sabía! Quizás hasta lograra averiguar qué demonios les pasaba a Las Gallinas Coloradas.

Era un reto y a Cloti le gustaban los retos, aunque no sabía por dónde empezar.

Se balanceó a ver si se le ocurría algo. Cuando supiera qué hacer, llamaría a Matías, su ayudante, y empezarían a trabajar.

Matías se preparaba para pasar una tarde de fútbol en casa. Era muy aficionado a la ópera, su segunda afición era el fútbol y su equipo, Las Gallinas Coloradas, siempre ganaba, aunque no últimamente.

Aquel domingo jugaban, y se dispuso a pasar la tarde con la radio puesta escuchando la retransmisión del partido.

Jugaban contra el Portillo Fútbol Club, un equipo al borde del descenso al que tenían que ganar sí o sí. Y, como estaban obligadas a ganar, el partido prometía. Según los comentaristas, o el equipo de don Mentolín empezaba a remontar, o el club caería en una profunda crisis.

Matías se preparó una bandeja con zumo y patatas fritas, se puso la bufanda de su equipo y se sentó en el sofá dispuesto a cantar los goles; porque esperaba una tarde de goles.

Conectó la radio y tarareó la sintonía del programa que retransmitía los partidos: *tirorí, tirorí, tirorí, el partido ya está aquí.* Le dio un subidón. Esta tarde vamos a meter al Portillo tres a cero, se dijo. ¡Menuda goleada!

Ensayó el himno que los aficionados cantaban siempre: "¡Bien, bien, bien! ¡Hurra, hurra, hurra! ¡*Las Coloradas* las que chuflan!". Y pensó en llamar a Cloti para compartir con ella el gran momento de la remontada, cosa que no hizo porque lo iba a mandar a paseo.

A Cloti no le interesaba el fútbol, le gustaban la música tecno y el rap, cuando no le daba por los boleros o los tangos, y se pasaba los domingos en el club de música y baile si no tenían un caso entre manos.

Una pena no compartir con ella la deliciosa tarde de fútbol que se avecinaba. Seguro que su equipo le metía al Portillo tres goles o cuatro; uno de Pedrita, uno de Robiriña y dos de la Albondiguina, se dijo feliz.

El loro Pérez, un periodista conocido, que retransmitía los partidos de Las Gallinas Coloradas, saludó a los oyentes y su voz de pito de loro se escuchó en la habitación.

—*Muy buenas tardes, señoras y señores, ya estamos aquí. Gracias por escucharnos al otro lado de las ondas. Un gran espectáculo nos espera. Al Portillo le toca hacer un gran esfuerzo, y Las Gallinas Coloradas tienen la obligación de ganar. Será un partidazo.*

La musiquilla otra vez, y otra vez la voz del loro Pérez:

—*Hoy jugará Pepa por la derecha en sustitución de la pibita Pereira, que está lesionada. La gallina Marcelina por la izquierda. Petroska, Dimitria y Olivia en defensa. El centro del campo será para Cosca, Rina y Pedrita, que, por cierto, a esta última la Federación le ha quitado la sanción que tenía.*

"¡Uf! ¡Menos mal que a Pedrita le han quitado la sanción!", se dijo Matías. Era una centrocampista ofensiva, y ¡metía cada gol!

—¡Vamos a ganar! ¡Vamos a ganar! ¡Vamos a ganar! —gritó entusiasmado.

—En punta, Candela en sustitución de Robiriña, también de baja, y la Albondiguina, de la que se esperan varios goles —continuaba el loro Pérez—. *La portería para Miguelina, que esperemos esté mejor que en las anteriores convocatorias y no le metan tantas roscas como en los últimos partidos.*

El partido empezó, y los comentaristas opinaban en la radio:

—Seguro que Cosca, Rina y Pedrita nos van a dar una buena tarde creando fútbol como ellas saben. Las Coloradas ganarán, no tienen otra opción. Al fin y al cabo, los del Portillo solo son un conjunto de pollos indefensos.

Todo iba bien hasta que el loro Pérez dijo:

—*Petrosca pasa la pelota, Dimitra la recoge y la pasa a Olivia. Olivia se la lanza a Candela, que la deja para la Albondiguina. La Albondiguina hace el primer lanzamiento del partido con la pierna derecha y... ¡Uyyyyy!*

—¡Uyyyyyy! –gritó Matías también levantándose del sofá de un brinco.

La Albondiguina había estado a punto de marcar. ¡Menudo trallazo! No había entrado de milagro. El portero del Portillo había mandado el balón a córner.

Ahora meteremos el primer gol, se dijo Matías. ¡Guay! Aquello molaba. El equipo empezaba bien. Se puso eufórico.

—¡Hurra, hurra, hurra! ¡La Albondiguina es la que chufla! –gritó dejándose llevar de nuevo por el entusiasmo.

¡Qué superchuliguay! Sí, sí. Aquel iba a ser el partido de la remontada.

En el intermedio corrió a la cocina para hacer acopio de más patatas fritas y zumo. No quedaba nada en la nevera, salió a la calle a comprar y, cuando regresó, la segunda parte había empezado y en el campo se había liado una buena. El árbitro había parado el juego y se oía mucho ruido de fondo.

Puso la televisión a ver qué pasaba. Le gustaba escuchar los partidos en la radio, pero el loro no explicaba bien lo sucedido, y la puso a ver si se aclaraba.

Según algunos periodistas, Pedrita le había hecho una entrada fuerte a un defensa del Portillo. Y, según otros, se había producido un choque sin mala intención. El árbitro había expulsado a Pedrita, y se había montado un guirigay. Y a la Albondiguina, que había protestado, le habían sacado una tarjeta amarilla.

Les llegó el primer gol, el segundo, después el tercero y el cuarto. Y, por si fuera poco, otro de penalti. Menos mal que el árbitro pitó el final, o los del Portillo podrían haberles metido seis o siete. Y eso que eran unos pobres pollos indefensos.

A don Mentolín estaba a punto de darle un ataque de nervios en el palco.

Movía el bigote y se limpiaba el sudor con la corbata cada vez que sus jugadoras metían la pata, nunca mejor dicho.

El público salía más que enfadado del estadio, con cánticos contra el entrenador como "Dimitri, dimite. Dimitri, dimite. Dimitri, dimite".

Una pasada.

Menos mal que los cánticos iban contra el entrenador, pensaba don Mentolín. Mientras los aficionados pedían la cabeza del entrenador, no pedirían la suya. Aunque la situación se estaba haciendo insostenible.

Matías se sentía superdecepcionado. Esperaba una tarde de goles, no que los del Portillo les metieran a ellos cinco a cero con Miguelina de portero.

Se acostó temprano a ver si durmiendo superaba el mal trago. Había sufrido un choque postraumático mental que le hizo tomarse un *Gelocatil*. Estaba a punto de entrarle la *depre*.

"¡Ay, que me entra la *depre*! ¡Que me entra la *depre*!", se dijo Matías.

De pronto lo veía todo oscuro. Las Gallinas Coloradas no salían del túnel.

Cloti lo llamó por teléfono al día siguiente por la mañana temprano, y el pitido lo sobresaltó. Se levantó de un brinco.

—A la orden, jefa.

Tenían un caso nuevo, le informó la detective. Don Mentolín, el presidente de Las Gallinas Coloradas, se reuniría con ellos en su despacho del club a las diez.

—¿Has dicho don Mentolín, el presidente de Las Gallinas Coloradas?

—Sí –respondió Cloti.

—¿En serio?

Matías alucinaba en colores, estaba impresionado.

—Y tan en serio. Nos va a contratar. Por lo visto Las Gallinas Coloradas pierden todos los partidos.

—A mí me lo vas a contar –dijo Matías.

—Don Mentolín quiere que investiguemos para resolver los problemas del equipo –añadió Cloti.

—¿Nosotros los vamos a resolver?

—No exactamente. Nosotros averiguaremos por qué pierden. Y, conocido el problema, el club pondrá la solución.

Después del último partido, Matías dudaba de que el problema tuviera solución. A la portera Miguelina le habían metido cinco goles, más los cuatro del partido anterior, más los tres anteriores…
Era como para montarla en una bicicleta y mandarla a rodar carretera arriba hasta Villa Laponia y que no se le ocurriera volver a aparecer.

En fin.

Don Mentolín los recibió a las diez, elegante como solía, con su bigote y una corbata ancha y verde que llamaba la atención. A los detectives no les extrañó que los aficionados, en lugar de don Mentolín, lo llamaran don Corbatín.

Estaba preocupado, y no era para menos. Los aficionados habían vuelto a pedir la cabeza del entrenador y estaban a punto de pedir la suya.

—El próximo partido es de Copa

—les dijo—, jugamos contra el Olimpia, un equipo de tercera división. Si *Las Coloradas* no ganan, a lo mejor los aficionados piden mi cabeza, no sé si se conformarán con la del entrenador Dimitri, el último que he contratado.

—No se sofoque, *presi* —intentó animarlo Cloti—. Mi ayudante y yo aceptamos el caso, e inmediatamente nos pondremos a investigar. Antes he de pedirle algo.

—Tú pide —dijo el presidente—, que si es para intentar resolver los problemas del equipo te trataremos como a una reina.

—Las puertas del club quedarán abiertas para mi ayudante y para mí —dijo Cloti—. Haciéndonos pasar por periodistas entrevistaremos a quien creamos conveniente, incluidas las jugadoras. Si nos presentamos como detectives se asustarán, y en lugar de parlotear como gallinas cerrarán el pico. Diremos que estamos haciendo un reportaje sobre el club y el equipo a petición del propio club.

—Concedido —aceptó don Mentolín—.

Y, si *Las Coloradas* ganan el próximo partido, prometo afeitarme el bigote.

—¿En serio? –exclamó Matías.

El presidente debía de estar desesperado si estaba dispuesto a quedarse sin bigote. De lo que más presumía en las entrevistas radiofónicas y televisivas era de su equipo de fútbol, de sus corbatas y, en tercer lugar, de su gran bigote.

Cloti y Matías salieron del despacho dispuestos a investigar. Confiaban en averiguar qué le pasaba a Las Gallinas Coloradas.

*

Primeras pesquisas

Cloti no entendía de fútbol, necesitaría la ayuda de Matías. Solían resolver los casos juntos, mas en esta ocasión contar con él se hacía imprescindible.

Lo invitó a tomar algo en una cafetería con la intención de no salir de ella hasta haber trazado un plan.

Se sentaron y pidieron unos sándwiches con crema de avena y pasas, acompañados de un delicioso zumo caliente. Y nada más empezar a tomarse el sándwich, entró un grupo de aficionados del Portillo; tres pollos que, en lugar de aficionados, resultaron ser unos auténticos gamberros. Cuando vieron a Matías con la bufanda de *Las Coloradas* le dieron el primer disgusto del día.

—Mira al del esmoquin y la bufanda
–se rieron descaradamente.

Eran dos pequeños y uno grandote como
un elefante, que parecía un zampabollos.

Matías no hizo caso del comentario
ni de las risas, aunque se quedó un poco
mosca.

—Ayer os metimos cinco a cero. Tanto
presumir de la Albondiguina, que si es la
mejor delantera del mundo, tanto presumir,
tanto presumir… –rio el grandullón.

—Eh, deja en paz a la Albondiguina –se
enfadó Matías–. Está pasando una mala racha,
deja que se recupere y verás.

—¡Ay, mira tú la Albondiguina, la
Albondiguina! –se burló el grandullón–.
La Albondiguina está acabada.

—Acabada, acabada, acabada…
–repitieron los otros.

—Eso no es verdad, la Albondiguina
no está acabada. Sois unos filibusteros
–dijo Matías.

El pollo grandullón le tiró de la bufanda
entre muecas y chuflas.

—¿A que te la pongo de corbata? Vas
a ir más guapo que tu presidente.

A Matías casi le da un *flash*.

—Vuestro equipo ha ganado. ¿No? Pues,
felicidades, tío, y abur. Hasta nunca –dijo
enfadado.

—No me gusta este rollo –se levantó
Cloti–. ¿Por qué no nos dejáis en paz? ¿Eh,
chicos?

Como el grandullón seguía tirándole de
la bufanda Matías enfadó aún más.

—¡Deja mi bufanda, zampabollos! Que
eres un zampabollos.

El grandullón se puso más colorado que
un tomate.

—¿Zampabollos yo? ¿Zampabollos yo?
Tú eres el zampabollos. ¿Quieres un bocata?
Pues no me des la lata.

El disgusto podía haber sido mayor y
no merecía la pena. ¿Por un partido de fútbol
una pelea? En deporte y en la vida había que
saber perder y había que saber ganar. Matías
sabía perder. ¿A qué clase de colegio habían
ido aquellos maleducados?

En fin. Los gamberros se marcharon y los detectives volvieron a lo suyo.

—En primer lugar —dijo Cloti— averiguaremos qué idea se tiene en el club sobre las jugadoras.

—Que son unas mantas —opinó Matías-. Eso es lo que piensa todo el mundo.

—Me gustaría comprobarlo por mí misma —insistió Cloti—. Quizás alguien nos aporte algo sobre lo que sucede en el equipo.

Al salir del café los gamberros del Portillo se habían dejado la puerta abierta, y Matías sintió frío.

—Hace rasca —se arrebujó en sí mismo—. Rasca carrasca. Creo que acabaré comprándome un esmoquin tipo abrigo.

Matías solía vestir de esmoquin y no siempre era la ropa más adecuada. Por suerte el camarero cerró la puerta rápidamente.

—Hagamos una lista —sugirió Cloti—. ¿Quiénes están más próximos a los jugadores? Yo no tengo ni idea.

—El cuerpo técnico —respondió Matías—: el entrenador, el segundo entrenador, el masajista, el utillero y el médico del equipo.

—Anótalo todo, no olvidemos a nadie.

Matías sacó papel y bolígrafo, y anotó. Visitar el club, hablar con el entrenador, el masajista, el utillero y el doctor Palmiro. También con Las Gallinas Coloradas para conocer su opinión sobre lo que les pasaba. Y verían un partido de fútbol. Cloti necesitaba ver un partido en el campo para comprobar en directo el comportamiento de las jugadoras.

—¿Cuándo es el próximo? –preguntó.

—El miércoles se juega un partido de Copa –respondió Matías.

Y anotó en su libreta: "Ir al partido el miércoles".

Salieron de la cafetería rumbo a la ciudad deportiva para hablar con los entrenadores, el masajista, el utillero, el médico y todo el que se pusiera por delante. Cuanto antes se formara una idea de lo que les sucedía a *Las Coloradas*, mucho mejor.

El lugar quedaba lejos y, como el Smart de Cloti se encontraba en el taller, decidieron ir en la moto de Matías.

Antes de salir rumbo al club, pasaron por la habitación de los disfraces para vestirse de periodistas. La agencia, que ocupaba una parte de la vivienda de Cloti, contaba con un laboratorio y una habitación de los disfraces, y allí se vistieron. Cloti con gabardina, bufanda y una gorra de lana, y Matías con gabardina sobre el esmoquin y un sombrero en la cabeza. Ella, libreta y bolígrafo en mano, y él, cámara de fotos al hombro como los reporteros gráficos.

—¡Qué guapa te veo de periodista! —exclamó Matías, que estaba enamorado de Cloti.

La jefa no le hizo el menor caso. "¿Cuándo se iba a fijar en él no como su ayudante, sino como un apuesto pretendiente?", se preguntó Matías.

—Vamos. La ciudad deportiva nos espera —ordenó ella.

Se subieron en la moto y en algo más de media hora estuvieron allí. El equipo se encontraba entrenando. Entraron en el campo y se sentaron en las gradas junto a un grupo de aficionados que no dejaba de aplaudir y gritar a favor de las jugadoras.

Aunque no a todos se les veía tan contentos. Algunos gritaban:

—¡Mantas, que sois unas mantas!

—¡Señor Dimitri! —llamó Cloti al entrenador una vez acabado el trabajo.

Matías le hizo una foto desde lejos y el entrenador se acercó hasta ellos.

En un primer momento, Cloti había pensado entrevistar a Pedrita, la jugadora expulsada en el último partido, y a Robiriña y a las otras después. Pero lo dejó para más adelante, cuando tuvieran una idea más formada sobre lo que sucedía.

Los detectives tendieron su mano y saludaron al entrenador.

—Somos periodistas —se presentó la supuesta reportera—. Estamos haciendo un reportaje sobre el club y el equipo a petición de la directiva, como don Mentolín les habrá informado.

—En efecto, sí —dijo Dimitri—. ¿Qué puedo hacer por ustedes? ¿Qué quieren saber?

Cloti lo miró directamente a los ojos. Era un gallo elegantísimo, con un traje impecable, una camisa blanca floreada y un bucle en el pelo, casi en la frente. Le pareció superatractivo. Aunque no comprendía cómo se trajeaba tanto para ir a los entrenamientos.

—Nos interesa su punto de vista –dijo bolígrafo y libreta en mano dispuesta a anotarlo todo–. ¿Cómo ve a Las Gallinas Coloradas? Usted es el entrenador. ¿Qué les pasa?

—Eso me gustaría saber a mí –respondió Dimitri con gesto compungido–, porque, como todo el mundo sabe, están apunto de darme la papela.

—Don Mentolín dice que el equipo no se comporta como debe en el campo, está preocupado –insistió Cloti.

—No es para menos –dijo el entrenador–, yo también lo estoy.

—¿Por qué? ¿Qué les pasa a las jugadoras? ¿Qué les ocurrió en el partido de ayer sin ir más lejos?

—Sí, eso. ¿Qué les pasó? –insistió Matías.

—Expulsaron a Pedrita, y cuando Pedrita no está el equipo se viene abajo. La expulsaron por nada, el encontronazo fue involuntario. Me parece a mí que los del Portillo son unos tramposillos.

El entrenador suspiró:

—La verdad, para ser sinceros, el equipo es un desastre. Las jugadoras vagan por el campo sin dirección, como si estuvieran idas, y a lo mejor lo están.

—Los del Portillo nos metieron una serie de goles –intervino Matías–. ¿Qué pasa con la portería?

—Ah, sí, la portería –Dimitri parecía más compungido por momentos–. La portera tiene unos reflejos, una agilidad… Salta como un gamo y atrapa la pelota. No hay quien le meta un gol.

—Eso sería en otra vida –replicó Matías–. El domingo le metieron unos cuantos.

—Es verdad –admitió Dimitri–. Miguelina no está fina. Lo mismo le meten tres que cuatro, y eso en todos los partidos.

Cuando le meten el primero se queda in albis, y la gente le pita. Ayer le gritaron: ¡Cubre la portería, que parece un colador! ¡Mueve el culo, Miguelina, que paras menos que una pegatina!

—¿Todo eso le gritaron? ¡Qué barbaridad! –exclamó Cloti impresionada.

—Pues sí –dijo Dimitri–. Es lamentable. También le gritaron: ¡A casa, que estás pasa! Y, claro, decir eso a jugadoras de una calidad galáctica las hunde psicológicamente. Miguelina es balón de oro, y la Albondiguina, que es bota de plata, ayer tampoco salió muy bien parada. Últimamente no juega bien. La pelota se va y ella se queda. Se aturulla, no sé qué le pasa. Yo creo que tienen todas un trauma psicológico de aquí te espero, y no dan pie con bola, nunca mejor dicho.

—Entonces usted cree que el público tiene la culpa. Eso no es posible –opinó Cloti–. Primero juegan mal, y después las pitan. ¿No?

—Puede ser –caviló el entrenador–. En fin. Tengo el mejor equipo del mundo, acostumbrado a ganar trofeos y campeonatos, y están a punto de cortarme el tupé. Porque yo creo que me van a cortar el tupé. ¿Ustedes qué opinan?

—Esto pues yo… –balbuceó Matías.

Acababa de darse cuenta de que Dimitri llevaba tupé. Era algo que se rumoreaba en los foros futbolísticos, y ahora lo veía.

Estuvo a punto de responder que sí, que en su opinión se lo iban a cortar, pero se contuvo para no ahondar más en los suplicios de Dimitri. Don Mentolín lo había llamado hacía un par de horas para informarle de la decisión que acababa de tomar: o Las Gallinas Coloradas ganaban el partido siguiente, o lo echaban.

—No se preocupe, señor Dimitri –intentó animarlo Cloti–. A lo mejor con un poco de suerte todo se arregla.

—La suerte la pintan calva, señorita –replicó el entrenador–. Yo por eso llevo peluquín.

¡Y que lo digas!, se dijo Matías. ¡Menudo peluquín! Con aquel bucle postizo se parecía un poco al pollo Elvis, el mejor roquero de todos los tiempos.

—Si no gano el próximo partido me cesan –se lamentó Dimitri-. Ya sabemos cómo funcionan los clubes. Si Las Gallinas Coloradas no ganan el miércoles, me mandan a freír espárragos.

—¿Ya se lo han comunicado? –le preguntó Cloti.

—Me han comunicado que me lo comunicarán –aclaró Dimitri–. Si *Las Coloradas* no ganan, me finiquitan, créame, señora, me mandan a escarbar cebollinos.

Cloti miró a Matías. ¿Era eso verdad? ¿Tan crueles eran los clubes de fútbol? Le entraban ganas de darle unas palmaditas de consuelo al entrenador, mas no debía excederse, estaba trabajando y debía mantenerse firme haciéndose pasar por periodista.

—¿Entonces lo van a destituir? –exclamó.

—Eso parece –respondió Dimitri–. Un entrenador en un club dura menos que un chupachús en el patio de un colegio.

—¡Qué cruel don Mentolín con Dimitri, eh! –exclamó Cloti cuando este se hubo retirado.

—Qué quieres que te diga –comentó Matías–. Así son las cosas. Cuando un equipo va mal, el entrenador es el primero en pagar los platos rotos.

La charla con Dimitri no llevaba a ninguna parte. Aquel gallo elegante y con tupé estaba más preocupado por su futuro que por las causas de los problemas del equipo. O acaso se había dado por vencido y solo esperaba que le dieran boleta de un momento a otro.

En cuanto a la conversación con el segundo entrenador, tampoco les aportó gran cosa. Era un pollo simpático, de nombre Pepito Floro, más delgado que un pirulí, vestido con el chándal del equipo y que respondía a todas las preguntas. Mas nada sacaron en claro. No tenía ni idea de la causa del mal juego de Las Gallinas Coloradas. Según él, estaban pasando una mala racha.

—De acuerdo, una mala racha. ¿A qué se debe? ¿Cuál es la causa? —le preguntó Cloti.

El segundo entrenador no supo qué responder.

El siguiente objetivo era el doctor Palmiro, el médico del equipo. A lo mejor la causa del mal juego se encontraba en las lesiones, se les ocurrió pensar. Algunas jugadoras se encontraban lesionadas. O quizá fuera culpa de la alimentación. El doctor Palmiro les daría su opinión.

Por desgracia no se encontraba en la ciudad deportiva. Era un pavo muy ocupado del que solo consiguieron una cita para el día siguiente.

Al masajista lo encontraron en su chiringuito dando masajes, lo que solía hacer tras los días de partido, así que no los pudo atender. Y, respecto al utillero, era su día libre y hasta el día siguiente no pisaría la ciudad deportiva.

—Regresemos a la agencia, es la hora de comer —propuso Cloti a su ayudante.

Se montaron en la moto y pusieron rumbo de vuelta a la agencia, o a casa de Cloti, que era lo mismo. Una vez en el jardín, la jefa dijo:

—Espera aquí, que enseguida salgo.

Entró en la casa, y salió con dos zumos calientes y superabrigada con una manta y una bufanda liada al cuello. Se sentó en el columpio y empezó a balancearse.

—¡Caramba! –exclamó Matías–. ¿No vas demasiado abrigada?

—No quiero resfriarme. En la ciudad deportiva he pasado frío, y en la moto mucho más. Bueno, charlemos un poco. Por lo que hemos visto y oído hasta ahora, ¿qué opinas del asunto?

—Pues yo…

Por lo que habían visto y oído hasta el momento, Matías no opinaba nada. Como aficionado al fútbol se sentía fastidiado con la situación del equipo, y como detective estaba en blanco.

—Pensemos –sugirió Cloti.

Pensaron durante un buen rato, y,

como la mente seguía en blanco, decidieron dejarlo por el momento.

Cloti se pasaría la tarde visionando vídeos de partidos de Las Gallinas Coloradas, que Matías le mandaría con un mensajero. En eso quedaron. Se trataba de partidos en los que el equipo ya había empezado a perder, a ver si comprendía lo que sucedía.

Se despidió de su ayudante y entró en la casa dispuesta a esperar al mensajero que le traería los vídeos y confiaba en no quedarse dormida mientras los veía.

Por el momento no sabía qué pensar sobre los problemas del equipo. No tenía la menor idea de lo que podría estar pasando. Si es que estaba pasando algo y Las Gallinas Coloradas no resultaban ser, como muchos creían, unas gandulas en el campo.

*

Nuevas pesquisas

Entrevistar al doctor Palmiro, al masajista y al utillero del equipo era el plan previsto para aquella mañana, pero surgió algo que ni Cloti ni Matías estaban dispuestos a perderse. A las diez se presentaba la biografía de la pibita Pereira, una de las jugadoras más mediáticas del club. Don Mentolín los había informado de ello y decidieron asistir al acto.

La pibita era la única liebre que jugaba en el equipo de *Las Coloradas*. Era muy mediática y su biografía se presentaba en la sala Magna del hotel Villa Cornelia. Los detectives dejaron su plan para más tarde y pusieron rumbo al hotel en la moto de Matías. Quizá en el acto se diría algo relacionado con el comportamiento de las jugadoras en el campo. Al fin y al cabo, la pibita Pereira era una de ellas.

—¿Cuántos años tiene la pibita? –le preguntó Cloti a su ayudante.

—Veintidós –respondió Matías, siempre al loro de todo lo relativo a su equipo.

—¿Veintidós años y le han escrito una biografía?

El mundo del fútbol era asombroso. ¿Qué se podía decir de alguien a los veintidós años? Ni al gran científico de todos los tiempos, el pollo Ásterin, le habían escrito una biografía a esa edad.

La sala Magna se encontraba hasta arriba de periodistas con libretas, bolígrafos en mano y cámaras al hombro. Se sentaron entre ellos, frente a una mesa con un micro y una botella de agua con la marca bien a la vista. Entonces esperaron a la biografiada, que llegó acompañada del autor del libro y de Pepito Floro, el segundo entrenador, tan alto como un pirulí.

Se sentaron, y el autor de la biografía inició su discurso, pero los reporteros no le hicieron mucho caso. Se abalanzaron sobre la mesa y empezaron a lanzar sus preguntas:

—Eh, pibita. ¿Nos puedes decir por qué juegas tan mal?

—Eso, eso. ¿Por qué juegas tan mal?

—¿Qué le pasa al equipo?

—Nos gustaría saber qué le pasa al equipo.

La pibita Pereira no pudo con la presión y se echó a llorar:

—Buáaaaaaaaaaaaaaaaaaa.

El entrenador-pirulí la tomó de los hombros, la sacó de la sala, y todos corrieron tras ellos.

—Eh, oigan, que yo he venido aquí para hablar de la biografía –dijo el autor enfurruñado, y se quedó solo en la sala.

Los periodistas corrieron hasta el aparcamiento del hotel sin dejar de repetir sus preguntas, pero la jugadora y el segundo entrenador ya se habían subido al coche y se habían largado.

—La Pereira ha resultado ser una liebre zangolotina –comentó Matías decepcionado–. Con lo grandullona que es, toda una jugadora hecha y derecha, y mira cómo ha reaccionado.

—Está agobiada –opinó Cloti–. Bueno, dejémosla por el momento. Antes de poner rumbo a la ciudad deportiva para hacer nuestras entrevistas, me gustaría pasar por el taller a ver si el Smart está arreglado, en la moto me muero de frío.

Pasaron por el taller y el coche no estaba listo. Se pusieron el casco, se subieron en la moto y partieron dispuestos a entrevistarse con el doctor Palmiro, aunque tuvieron que esperar en las puertas de la consulta. La pibita Pereira había llegado antes que ellos, no paraba de llorar y el doctor tuvo que atenderla.

—¿El doctor Palmiro? –preguntó Cloti asomando la cabeza por la puerta cuando el médico se quedó solo.

—Adelante –los invitó a entrar.

Era un pollo pera de mediana edad

trajeado y elegante, cuyas patillas grises le daban un toque guaperas.

—¡Vaya planta que tiene este Palmiro! –comentó Cloti por lo bajini.

Por lo visto, en aquel club, todo el mundo iba elegante y trajeado. El doctor Palmiro era alto y superatractivo.

Cloti se presentó como la periodista que hacía el reportaje sobre el club y fue directa al grano. Quería saber qué les pasaba a las jugadoras, si es que les pasaba algo, desde el punto de vista médico y que pudiera explicar el escaso rendimiento en el campo.

—Desde el punto de vista médico no les ocurre nada –respondió el doctor–. Las chicas están bien, como siempre.

—Tengo entendido que hay algunas lesionadas –apuntó Cloti.

—Ah, sí, las lesiones. En todos los equipos sucede, es consustancial con el deporte. Muchos deportistas se lesionan en los partidos.

—¿Qué clase de lesiones tienen Las Gallinas Coloradas?

—Las normales –respondió Palmiro–. Una está con un pie roto, otras con una mano rota, otra con el pubis...

El doctor abrió un archivador, extrajo una ficha, la miró y dijo:

—Pedrita, por ejemplo, acaba de salir de una lesión muscular con una gran respuesta inflamatoria que llegó a necrosar el tejido.

—Por suerte ya está bien –dijo Matías.

—Más que por suerte porque le hemos aplicado el tratamiento adecuado. Hemos regenerado el tejido con masajes e hidroterapia, y está recuperada. En este momento no hay muchas lesionadas, y las que lo están no tienen nada grave. La pasada temporada operamos varios meniscos, en cambio esta no hemos operado ninguno.

—¿Entonces las lesiones no son la causa del mal juego? –preguntó Cloti.

—Le aseguro que no –respondió el doctor–. Las lesionadas no juegan, no pueden hacerlo mal. Y el equipo tiene una plantilla más que suficiente para ganar los partidos.

—¿Una qué…? –exclamó Cloti bastante alucinada.

—Se refiere a las jugadoras –le explicó Matías–. Si una jugadora se lesiona, el entrenador cuenta con otras muy buenas en el banquillo.

—¿No hay ningún otro problema médico? –insistió Cloti.

—No –respondió el doctor–, con la excepción de la Albondiguina.

—¿Qué le pasa a la Albondiguina? –preguntó Matías preocupado–. En el partido del domingo no se lesionó.

—No me refiero a una lesión, aunque para el caso es lo mismo. No sé si estará para jugar mañana. Siempre les digo a las chicas que cuiden la alimentación, han de llevar una dieta estricta.

—¿No la llevan? –preguntó Cloti.

—La llevan, la llevan, pero a veces alguna se descuida. A la Albondiguina lo que le pasa es que tiene… Yo siempre les digo: "agua fría y pan caliente nunca hicieron buen vientre". Ya veremos si juega.

—Deduzco que tiene gastroenteritis —apuntó Cloti.

—Algo parecido –puntualizó el doctor–. Desde el partido del domingo no deja de entrar en los lavabos. Entrena y, hala, al lavabo. Y así constantemente.

Al fin entendió Matías lo que le pasaba a la Albondiguina; que se iba por la pati, pati. Bueno. Eso no tardaba en curarse tanto como una lesión. Lo superaría. No quería ni pensar en el equipo sin la supergoleadora.

Cloti miró al doctor Palmiro directamente a los ojos para formularle la última pregunta:

—Doctor, ¿qué le pasa a Las Gallinas Coloradas, según su opinión?

—No lo sé –respondió el doctor–. Parece que este equipo galáctico se ha venido abajo.

Tomó la mano de Cloti y la besó al despedirse.

—Es usted tan bella, señorita –le dijo.

—Abur doctor –se despidió Matías a punto de un enfado morrocotudo.

El doctor empezaba a tomarse demasiadas confianzas.

—Gracias —se las dio Cloti.

—Con la explicación que nos ha dado me ha dejado turulata —comentó saliendo ya de la consulta—. No avanzaba nada. En fin. Continuemos con el trabajo.

El siguiente a entrevistar era el masajista. Lo encontraron en la sala de masajes tratando a una jugadora suplente, así que los atendió deprisa y corriendo, porque tras la suplente irían pasando las demás. Al día siguiente jugaban un partido y tenía que relajarles los músculos y ponerlas en forma.

No sirvió de gran cosa. Aquel pollo joven y musculoso, con el pelo rizado, la cresta sobresaliendo entre los rizos y las manos pringadas de cremas y aceites no los sacó de dudas.

Según su declaración, los masajes los daba como siempre, poniendo los músculos en forma. Por lo demás, el equipo estaba bien.

Cloti le formuló una batería de preguntas:

—Si el equipo está bien, ¿qué le pasa en el campo? ¿No le parece extraño?

¿Por qué pierde? ¿Qué opina?

—Ahora que lo dice, sí que es extraño –respondió el masajista–. Los aficionados vamos de cráneo. Las jugadoras no se enteran, no juegan bien. Corren y se dejan la pelota atrás. Van desorientadas, como extraviadas por el campo.

—Ha dicho que van como extraviadas. ¿A qué se debe? –preguntó Cloti.

—No lo sé –respondió el masajista–. En la primera parte de los partidos juegan bien. En la segunda, nada más salir al campo, da la sensación de que van a perder y pierden. Apabulla tanta derrota. Créame, señora periodista, los seguidores de este equipo estamos más quemados que el palo de un churrero.

La tercera entrevista programada para aquella mañana era con el utillero, que tenía el día libre y se vieron obligados a posponerla para el siguiente, antes del partido de copa. Los utilleros eran los encargados de preparar el vestuario del equipo: las camisetas, las medias, las botas… Estaría en el vestuario

y aprovecharían para entrevistarse con él.
Se subieron en la moto para regresar a la
agencia. Cloti necesitaba reflexionar sobre
lo investigado. Las palabras del masajista la
habían dejado "mosca".

—Regresemos, por favor –le pidió a
su ayudante–. Me gustaría reflexionar en el
columpio.

Matías dirigió la moto hacia un
bosquecillo de pinos donde conocía un
atajo que enseguida los llevaría a la carretera
principal de vuelta a Villa Cornelia.

—¿Estás seguro de que este es un buen
camino? ¿No será peligroso ir por aquí?

—No lo será, ya verás. En un pispás que
te vas, estamos en la carretera.

La moto empezó a deslizarse entre los
árboles del bosquecillo.

—El doctor Palmiro ha sido
superamable –comentó Cloti desde el
asiento de atrás–.¡El doctor Palmiro ha sido
superamable, sin embargo, no ha dicho
nada de interés. ¡Qué pollo más guapo!
En cuanto al masajista, también es resultón.

Menudas mollas tiene. Nadie puede negar que tiene unos buenos bíceps.

—El guapo doctor Palmiro, el atractivo doctor Palmiro… –se enfurruñó Matías–. Para qué me lo habrás recordado. Ya me había dado cuenta yo de que el doctor te ha resultado muy atractivo.

—Es apuesto. Eso nadie lo puede negar.

—No claro –refunfuñó Matías–. Y el masajista… menudos bíceps. ¿No? Y el entrenador Dimitri también te pareció guapo. Tú misma lo dijiste

—¿Qué yo dije qué? –exclamó Cloti–. Pero si tiene peluquín. Bueno, reconozco que es apuesto a pesar del peluquín. Aunque lo que yo dije fue que no se merecía la amenaza de cese de don Mentolín.

—Pues a mí me resultó un pesado, su discurso fue un auténtico ladrillo –opinó Matías–. Solo echaba balones fuera y además me pareció un hortera con ese tupé. Claro que tú ¡como estás enamorada!

—¿Enamorada yo? ¿De qué demonios hablas? –exclamó Cloti exasperada por momentos–. Anda, di. ¿De quién estoy enamorada, si se puede saber?

—Estás enamorada de los tres –sentenció el ayudante.

—Vamos. Pero ¿qué dices? –protestó Cloti–. Reconozco que el doctor Palmiro tiene buena planta. Además, ¿a ti qué más te da si a mí me gusta este pollo o el otro?

—Es que te gustan todos, Cloti –dijo Matías.

—¿Acaso es de tu incumbencia? Si me gusta o no me gusta el doctor Palmiro, Dimitri, o el masajista, es cosa mía. Deja de hablar, por favor, mira para adelante que nos la vamos a pegar contra uno de estos arbolitos.

—¿Cómo que a mí qué más me da? Me da que me da –replicó Matías–. Recuerda que yo estoy primero y, si te gustan ellos, no te gusto yo. En realidad, nunca te he gustado. Confiésalo, vamos, confiésalo.

—Pues sí, lo confieso. No estoy enamorada de ti y tú tampoco lo estás de mí, zanjemos esta cuestión para siempre.

Más bien lo que yo creo que te pasa es que te gusta la pibita Pereira.

—¿A mí? ¿La pibita Pereira? ¿Con lo grandullona que es? Esa pibita te da un pellizco y te deja señalado para toda la vida.

—Es verdad, me doy cuenta de que estoy equivocada –rectificó Cloti–. Quien te gusta es la Albondiguina.

—¿Que a mí me gusta la Albondiguina?

—Es una supergoleadora, eso dices siempre. Me he dado cuenta con qué entusiasmo hablas de ella, y me alegro, me parece genial. ¡Felicidades! Ya era hora de que te enamoraras de alguien de verdad. Eh... Mira hacia delante, me niego a seguir hablando, que nos la vamos a pegar.

De pronto la moto empezó a bajar a toda máquina entre los árboles por una pendiente y...

—Por favor, que nos la damos, Matías –se asustó Cloti.

—Esto pues yo... espero que no –Matías giró la cabeza hacia delante.

—¡Para este trasto que voy dando

botes! ¡Ay, que nos la pegamos! ¡Que nos la pegamos! ¡Que nos la pegamos!

—Echa el freno, Magdaleno —se dijo Matías.

Demasiado tarde. La moto se salió del camino y empezó a rodar imparable, hasta que, ¡catapún!, pasó rozando el tronco de un árbol y entre eso y la frenada del conductor se paró en seco y se cayeron los dos. ¡Crac! ¡Crac! ¡Menos mal que siempre llevaban el casco puesto!

—Ya te lo dije —refunfuñó Cloti—, que nos la íbamos a dar.

El ayudante quedó medio noqueado por el golpe.

—Jefa, ¿estamos ya en el partido de mañana?

—¿Qué dices? ¿Cómo vamos a estar en el partido de mañana? Yo creo que el golpe te ha dejado mal la cocorota.

Cloti pensó que, dadas las circunstancias, lo mejor sería buscar la carretera a pie, caminar hasta el núcleo poblacional más próximo y tomar un taxi de vuelta a Villa Cornelia. Una grúa recogería la moto más tarde.

—¿Estamos ya en el partido de mañana? ¿Estamos ya en el partido de mañana? –no dejaba de repetir Matías

*

Un superplán excelente

Era la primera vez que Cloti iba a un partido de fútbol y, al entrar en el estadio, le impresionó verlo lleno.

—¡Qué alucine! ¿Toda esta gente ha venido a ver el partido?

—¿Para qué si no? –dijo Matías.

Además de la gente, la visión de las gradas, donde todo era rojo, le pareció espectacular.

Las Gallinas jugaban en su campo y por eso la mayoría de los aficionados llevaban camisetas y bufandas rojas. Los asientos estaban pintados de rojo, todo del color de *Las Coloradas*, con un aspecto impresionante.

—¡Qué bárbaro! –Cloti seguía impactada.

Las Coloradas y el equipo contrario habían salido a calentar, y los detectives aprovecharon para entrar en el vestuario y entrevistar al utillero. Le mostraron al guarda de seguridad del túnel el pase que les había proporcionado don Mentolín, y entraron sin problemas.

Los utilleros acompañaban a los equipos los días de partido para preparar los tres uniformes que utilizaban. Uno para calentar, el que vestían en el primer tiempo y otro para el segundo.

Lo encontraron de espaldas colocando la camiseta y las zapatillas de la gallina Marcelina. Era un pollo ya mayor vestido con el chándal del equipo y una gorra de lana roja y se llamaba Antolín, o eso creían ellos, porque al saludarlo se llevaron un planchazo.

—Buenas tardes, señor Antolín.

El utillero se volvió. *¡Horreur!* ¡Planchazo! No era un pollo, sino una gallina voluminosa de caderas para abajo, que vestía una falda roja hasta los tobillos en lugar del pantalón del chándal.

Cloti se disculpó:

—Perdone, señora Antolina. Ha sido una confusión.

—Estoy acostumbrada a estas confusiones –dijo la utillera–. Hay mucho machismo en Villa Cornelia. No sé por qué a la gente le extraña que los equipos tengan utillera en lugar de utillero. Aunque las cosas han cambiado algo últimamente. ¿Qué se les ofrece? Don Mentolín me avisó de que vendrían.

Cloti empezó con las preguntas:

—¿Qué me dice de Las Gallinas Coloradas?

—Las Gallinas Coloradas, bien, gracias. Hace un rato que han salido a calentar.

—Me refiero a su juego –concretó la pregunta Cloti.

—Para hablar de eso hay mentes en el club más lúcidas que la mía –dijo la utillera–. Yo solo sé que nunca llueve al gusto de todos. Antes ganaban y sus adversarios se enfadaban. Ahora pierden y somos nosotros los afectados. Yo creo que a don Mentolín le va a dar algo.

Cloti pensó que no habían entrado con buen pie con la utillera. La habían llamado don Antolín en lugar de doña Antolina. La señora debía de estar hasta el gorro de que todo el mundo la confundiera, y por eso se mostraba distante.

Intentaría enderezar la conversación. ¡Quién sabía! A lo mejor la veterana utillera les daba la clave que buscaban sobre el comportamiento de las jugadoras.

—Nos interesa su opinión –continuó Cloti–. ¿No nota nada extraño en las jugadoras? ¿Qué nos podría decir? ¿No las nota diferentes entre la primera parte de los partidos y la segunda?

—Eso lo nota todo el mundo –respondió la utillera–. En el primer tiempo salen con ambición, parece que se van a comer el mundo, y le meten al contrario unos cuantos chicharros. Y en el segundo tiempo lo único que digieren bien son los sándwiches y las tortitas con sirope que yo les traigo para el descanso del partido, y los chicharros se los meten a ellas que salen a jugar como…

—¿Cómo? –preguntaron Cloti y Matías al mismo tiempo.

—Como si estuviesen mareadas.

—¿Y dice que toman sándwiches en el descanso? –preguntó Cloti.

—Y tortitas con sirope –añadió la utillera.

—¡Sándwiches y tortitas! –exclamó Matías–. No sabía que estas pájaras se ponían moradas en los descansos de los partidos.

—Lo hacen para reponer fuerzas por indicación del doctor Palmiro. Yo misma se los preparo y los traigo al vestuario. Las jugadoras los devoran en el descanso.

—¿Antes de empezar el partido también comen?

—No –respondió la utillera–. Yo solo les sirvo los sándwiches y las tortitas en los descansos como manda el doctor.

Los detectives dieron por concluida la entrevista. Salieron a las gradas y se sentaron cerca del palco con las invitaciones que don Mentolín les había proporcionado.

Todo el mundo esperaba que *Las Coloradas* ganaran aquel partido por goleada. No podía ser de otro modo con el dinero que don Mentolín se gastaba en fichajes y jugando contra el Florito Club, un equipo de tercera división. Como en el partido de ida habían empatado a cero, si el Florito ganaba eliminaba a *Las Coloradas* de la copa. Y, si ganaban *Las Coloradas*, eliminaban al Florito.

Observaron a don Mentolín en el palco, trajeado, con su enorme barriga, el bigote y una corbata de lazo naranja que le sobresalía por la chaqueta.

—¡Qué corbata más espectacular! –exclamó Cloti.

—A mí me parece un floripondio –observó Matías.

El partido empezó.

Cloti se había llevado al campo una radio para enterarse del desarrollo del juego, además de lo que Matías le contara, y así podría escuchar los comentarios con el pinganillo en el oído.

—*Novedades* –informaba el loro Pérez: *en Las Coloradas baja segura de la canterana Pepa; Paola, sancionada, no podrá participar, y Filipesca no ha sido convocada por jugar mañana con el filial. En cuanto al Florito Club, juegan todas las jugadoras, incluso las lesionadas, por ser las únicas que hay en el equipo.*

Las Coloradas empezaron a pasarse la pelota de una a otra haciendo florituras, pasándola por aquí y por allí, de tacón, de lado, de punta, subiendo, bajando, ralentizando el balón, jugando al contragolpe…

—¡Míralas! –exclamó Matías–. ¡Si es que tienen una planta…! Si esto sigue así, Romerito no va tener mucho trabajo.

—¿Quién es Romerito? –le preguntó Cloti.

—El árbitro. De momento está pitando de maravilla.

El público gritaba entusiasmado y todo el mundo esperaba que *Las Coloradas* metieran el primer gol de un momento a otro.

El loro Pérez narró:

—*A la derecha Robiriña, Guaita pasa la pelota, se cruza Cosca, que se la pasa a Dimitria de tacón. Dimitria se la pone a Pedrita, Pedrita a Robiriña, y ¡goooooool! Estaba cantado, se veía venir. Las Coloradas acaban de facturar el primer gol.*

Todos parecían muy contentos. El equipo se abrazó, Pedrita lo celebró haciendo flexiones, y en el público empezaron los cánticos: *Ras, ras, ras. Coloraaaaadas. Coloraaaaadas. Coloraaaaadas. Ras, ras, ras.*

También hubo cánticos para el entrenador: "Dimitri quédate. Dimitri quédate. Dimitri quédate. Dimitri quédate."

Y acabó la primera parte. Dos a cero con Miguelina de portero. El árbitro Romerito apenas tuvo que intervenir, el juego había transcurrido sin incidentes.

—¿Qué te ha parecido? –le preguntó Matías a Cloti.

—Me ha parecido que *Las Coloradas* juegan bien –respondió esta–. No lo comprendo. Nos contratan para ver qué le pasa al equipo, y resulta que van ganando dos a cero con Miguelina de portero.

—Esperemos a la segunda parte —sugirió Matías—. El equipo juega bien en la primera parte y mal en la segunda.

—Es verdad —dijo Cloti—, yo lo he observado en los vídeos. Y lo mismo opinaba el masajista. Esperemos a ver.

Se levantaron de sus asientos para estirar las piernas y comprar patatas fritas. El partido le había abierto a Cloti el apetito, y eso que no había hecho ningún ejercicio, solo mirar.

—Ahora las jugadoras estarán tomándose los sándwiches y las tortitas con sirope —comentó mientras se comía las patatas—. No me extraña. Con tanto correr, el apetito se les habrá abierto más que a mí.

La segunda parte empezó.

—¡Hay qué miedo! —exclamó Matías—. Me da que vamos a perder —comentó al contemplar al equipo de nuevo en el campo—. Mira cómo se mueven. Si ni siquiera parecen las mismas jugadoras.

Pero lo eran. Eran Las Gallinas Coloradas.

—Eso mismo acabo de oír por la radio –dijo Cloti–. Estaremos muy atentos a ver qué pasa, a ver si juegan mal, a ver qué ocurre.

Ocurrió lo de siempre. *Las jugadoras* empezaron a correr sin orden ni concierto. Un cabezazo por aquí, una zancadilla por allá, la primera gallina expulsada del campo y otra después. Les siguió la Albondiguina. Y, aunque la pibita Pereira salió a jugar en la segunda parte, no sirvió de nada, se caía, no dejaba de darse trompazos. Para colmo, tuvo un encontronazo con uno de los pollos del equipo contrario, el pollo Casinof, y la expulsaron del campo.

Pronto llegó el primer gol del Florito.

—¡Vaya golazo que nos acaban de meter! –exclamó Matías desolado–. Esto se va a convertir en un suplicio.

Encontronazo tras encontronazo, el árbitro Romerito expulsó a tres jugadoras, y el *Florito Club* acabó ganando el partido cuatro a tres con Miguelina del revés.

¿Cómo se podía cambiar tanto del primer tiempo al segundo? En la primera parte un equipo supersónico y galáctico, y en la segunda jugadoras de chichinabo, a las que las del Florito les habían enchufado cuatro goles.

El público se enfadó.

—¡Con el dinero que se gasta don Mentolín! –gritaban algunos.

—¿Dónde está el honor de *Las Coloradas*? ¡Y contra un equipo de tercera división!

—¡Petardas, que sois unas petardas!

También hubo para el entrenador:

—¡Dimitri, dimite! ¡Dimitri, dimite! ¡Dimitri, dimite!

Y acabó el partido.

Cloti no salía de su asombro. Lo que había sucedido era un misterio. Si tuviera que explicarlo no podría. A lo mejor se había dejado llevar por el espectáculo, y no había estado atenta a los pequeños detalles. Sea como fuere no sabría explicarlo.

—Te dije que estas pájaras la palmaban –comentó Matías–. Me va a dar la *depre*, lo aviso. ¡Ay, que me da, que me da la *depre*!

—Ha llegado el momento de entrevistar a las jugadoras –anunció Cloti–. Que ellas mismas nos expliquen este desaguisado.

Entraron en el vestuario de nuevo con el pase, y escucharon la algarabía que habían formado las del Florito Club. En las duchas donde se cambiaban todo era felicidad y jolgorio, y celebraban la victoria como si se tratara de una gran final.

En cambio, en el vestuario de *Las Coloradas* se oían llantos. La pibita Pereira estaba hecha un mar de lágrimas, y eso que casi no había jugado; y la Albondiguina se cambiaba sin hablar con nadie. Y Pedrita y Miguelina, la portera, a quien más de uno le echaba la culpa del desastre, también lloraban.

En cuanto al entrenador Dimitri, estaba sentado en un rincón abanicándose a causa del soponcio que había pasado. Ahora sí que lo cesaban.

Un ambiente poco propicio para entrevistar a nadie. No obstante, debían hacerlo. Les formularían una sola pregunta,

la misma para todas las jugadoras. A ver
qué respondían.

—Pibita, ¿qué crees que ha pasado? ¿Por
qué ha cambiado el juego del equipo en la
segunda parte? ¿Por qué te caías tanto?

—Esto, pues, el juego ha cambiado
porque… Buaaaaaaa.

—Calma, pibita, nosotros solo queremos
ayudar. Recordemos algunos datos –dijo
Cloti–. Matías, por favor, saca las estadísticas.

Matías obedeció. Sacó un papel y
empezó a leer:

—El Real Club de Balompié los Pollos
Emplumados os metieron tres goles hace algo
más de dos meses y desde entonces la cosa no
ha ido bien. Los pavos del Villa Bartolomé os
metieron cuatro, los del Mondoñedo cuatro
también, el Club Deportivo cinco golazos.
Así hasta el partido de hoy, en el que un club
de tercera división, colista de su grupo, os
ha ganado por goleada.

Las gallinas iban poniendo unas caras
cada vez más compungidas. Las estadísticas
eran demoledoras. En los últimos dos meses y

pico habían recibido más goles que en todo el campeonato de liga de la temporada anterior.

—¿Qué sucede? ¿Qué ha pasado en el segundo tiempo, eh, chicas? –les preguntó Cloti.

—A mí me expulsaron injustamente –dijo la pibita–. El pollo Casinof me puso la zancadilla y no yo a él. Casi sí, casi no, que me doy un trompazo. Y pitaron penalti a favor del Florito –exclamó entre sollozos.

—Algo de culpa tendréis vosotras también, creo yo –dijo Matías–. Según vuestro presidente, y lo sé muy bien porque soy un hincha, hace tiempo que no le dais un gusto a la afición. ¿Es que no hay una explicación?

Las gallinas enmudecieron.

—Tú misma, Pedrita. ¿Qué crees que pasó? –le preguntó Cloti.

—Esto, pues, bueno, sí. En la segunda parte... A ver. Lo que yo digo es que en la segunda parte... yo no sé lo que pasó –respondió Pedrita.

Les preguntaron a las jugadoras una a una, y nadie les daba una explicación.

Incluso Robiriña, que tenía fama de rajar por los codos, con una lengua más afilada que el filo de una hoja, enmudeció.

—Estamos como al principio –comentó Matías saliendo del vestuario–. Seguimos sin saber por qué las jugadoras juegan bien en la primera parte y mal en la segunda.

—En efecto. Este asunto requiere de mucha reflexión.

—¿De verdad hay algo sobre lo que reflexionar? –exclamó Matías escéptico, abandonando ya el campo de fútbol.

—Sí –respondió Cloti–. Aquí hay mucha materia.

Matías seguía sin ver claro a qué materia se refería la jefa. Había puesto a trabajar la cocorota hacía unos minutos, y no se le ocurría nada. No obstante, dijo:

—Si hemos de reflexionar, mejor hacerlo ante una *pizza*. Estoy hambriento.

—Buena idea –aceptó Cloti–. Yo también lo estoy.

Por suerte el Smart estaba arreglado. Habían pasado por el taller antes del partido y lo habían recogido. Se subieron a él y pusieron rumbo a una pizzería alejada del estadio para no encontrarse con ningún aficionado ni de *Las Coloradas* ni del equipo contrario. Mientras tanto pusieron la radio, a ver qué se decía de lo sucedido en el partido.

Para el loro Pérez las expulsiones habían sido dudosas.

—¿Crees que han sido dudosas? –le preguntó Cloti a Matías.

—No lo sé. En esto de los árbitros hay mucho lío. Algunos dicen que tienen vista de lince y, otros, que ven menos que un poste de la luz. ¡Ay! Estoy desmoralizado, Las Gallinas Coloradas nunca volverán a ser lo que eran.

Por fin llegaron a la pizzería, aparcaron el Smart y entraron en ella. Era el lugar adecuado para tomar algo y reflexionar sin interrupciones. A ningún aficionado de los que habían visto el partido en el estadio se le ocurriría ir tan lejos a tomarse una *pizza*. No obstante, y por si acaso, Cloti invitó a Matías a quitarse la bufanda colorada. No quería problemas.

En cuanto al menú, excelente.

Un caldo calentito y una *pizza* de cereales variados con queso de avellana y miel era una cena muy al gusto de los dos detectives.

Les sirvieron el consomé, calentaron sus manos en la taza humeante, se tomaron un sorbo, y Cloti dijo:

—Pensemos en **Las Coloradas** vestidas con sus uniformes. Salen al campo como rayos, como auténticas galácticas, y en el segundo tiempo van de un sitio a otro tan confundidas que les pasan la pelota a sus adversarios y adversarias en lugar de a sus compañeras de equipo. La pibita Pereira tropieza y cae, me pregunto por qué.

—Le fallarán los remos –opinó Matías dando cuenta de la *pizza*–. Está claro que **Las Coloradas** van directas al precipicio.

—Nosotros las sacaremos de él –aseguró Cloti.

—¿Nosotros?

¿Ellos? A Matías le gustaría saber cómo. Él no tenía ni idea de lo que les pasaba, y menos de cómo cambiar la situación. La portería se había convertido en un agujero más grande que el océano Pacífico, Miguelina bajo los palos era un coladero. ¿Cómo lo iban a arreglar?

A no ser que a Cloti se le ocurriera una de sus ideas geniales.

—En la primera parte las jugadoras juegan bien. Hay un descanso, y juegan mal. ¿Qué hacen en el descanso? —le preguntó esta.

—Se van al vestuario, se cambian la camiseta, salen al campo y les meten un montón de goles —respondió Matías—. Y ellas inflándose de sándwiches y tortitas con sirope en los intermedios de los partidos como si no les importara. Según doña Antolina, no se comen ni uno ni dos, sino unos cuantos.

—Repite eso, Matías —le pidió Cloti—. Acabas de tener una idea genial. Acabas de descubrir la piedra filosofal.

—¿Yo? ¿La piedra filosofal? —a Matías los ojos le hacían chiribitas de contento—. Solo he dicho que se inflan a comer en el intermedio de los partidos, las muy insensatas.

—Exacto, querido —sonreía Cloti—.
Ahora necesito que le eches un vistazo a
las respuestas de los entrevistados sobre el
comportamiento del equipo, por favor.

Matías sacó su libreta de notas, echó un
vistazo y dijo:

—Todos coinciden en que después del
descanso las jugadoras salen al campo como
dormidas, mareadas o extraviadas. El mismo
don Mentolín las comparó con unos patos
mareados.

—¿Por qué solo en la segunda parte? He
ahí la cuestión —apuntó Cloti—. En el descanso
debe de ocurrir algo que las deja así… —quedó
pensativa—. A lo mejor la clave está en los
sándwiches que se toman o en las tortitas con
sirope. ¿Cómo no se me había ocurrido antes?

Cloti tenía la sensación de haber
descubierto algo, sin estar del todo segura.

No sabía qué producía sueño o mareo
en *Las Coloradas*, mas, se tratara de lo que se
tratara, debía de ocurrir en el descanso, esa
era su teoría. Entre sorbo de caldo y mordisco
de *pizza*, algo habían avanzado.

Sí. Debía de ocurrir en el descanso, porque, de no ser así, también jugarían mal en la primera parte de los partidos. Algo sucedía en el intermedio que cambiaba su juego, y ellos lo averiguarían.

—Entraremos en el vestuario y tomaremos una muestra de los sándwiches y las tortitas para analizar en el laboratorio. A lo mejor contienen algo que les produce somnolencia.

Matías miró a Cloti asustado:

—¿Entraremos?

—Tú entrarás en el vestuario de Las Gallinas Coloradas en el próximo partido y tomarás las muestras, yo te esperaré fuera –puntualizó Cloti.

—¿Cómo? –balbuceó Matías.

Cloti quedó pensativa. *Las Coloradas* jugaban un partido de liga el sábado siguiente, aunque, por desgracia no en su campo, según había oído en la radio. No podrían pedirle un pase a don Mentolín para entrar en los vestuarios de un campo que no era el suyo; debía pensar en algo para que la seguridad del estadio dejara entrar a Matías en el túnel. Pensar, pensar, pensar… ¡Ya lo tenía!

—En el partido del sábado te harás pasar por una jugadora, por ejemplo, te harás pasar por la Albondiguina.

—¿La Albondiguina yo? ¿Hacerme pasar por la Albondiguina?–protestó Matías.

—Positívate, Matías. ¿No te gustaría acabar el trabajo y resolver el caso? A mucha gente le gustaría hacerse pasar por una jugadora.

—Yo no sabría cómo hacerme pasar por una jugadora.

Quizás Matías tenía razón, pensó Cloti. Hacerse pasar por la Albondiguina no era una idea tan buena, se le acababa de ocurrir otra mejor. Se haría pasar por árbitro.

—Te disfrazarás del árbitro Romerito –le comunicó su decisión–, entrarás en los vestuarios, tomarás una muestra de los sándwiches y de las tortitas con sirope, y santas pascuas.

—¡No estoy de acuerdo, es peligroso!

–exclamó el interesado–. Los aficionados creen que los árbitros tienen la culpa de todo, y…

—Reconozco que es un marrón –admitió Cloti–. Pero yo no puedo hacer de árbitro. Tú, en cambio, te pareces a Romerito. Es un conejo más o menos de tu estatura, nadie mejor que tú para hacerse pasar por él en el intermedio del partido.

—Salvo por un pequeño detalle –replicó Matías–. El árbitro del próximo partido no será Romerito, sino Filipito, un conejo bastante debilucho de grandes barbas.

—Estupendo –sonrió Cloti–. En la habitación de los disfraces hay barbas, te harás pasar por él.

—Por favor, Cloti –suplicó Matías–, de árbitro no, de árbitro no, de árbitro nooooooo.

De nada valieron las súplicas, la jefa lo tenía bastante claro y dio el asunto por zanjado.

Acabaron el último trozo de *pizza* y

pusieron rumbo de vuelta a casa. Había sido una tarde muy intensa y Cloti necesitaba descansar. En cuanto a Matías debía ir haciéndose a la idea de hacerse pasar por Filipito sí o sí, no quedaba otro remedio.

Cuanto antes se hiciera a la idea mucho mejor.

*

Filipito

Don Mentolín despertó a Cloti por la mañana. Habría seguido durmiendo como una marmota, pero la insistente llamada la puso en órbita. El *presi* se había pasado la noche reunido en el club con su junta directiva, y tenía un humor de perros.

—Señora detective, ¿vio el partido de ayer? –fue su saludo.

—Lo vi, lo vi.

—Pues a mí me gustaría verla a usted inmediatamente.

Pues sí que empezaba bien el día. Cloti corrió a cambiarse, se subió en el Smart y puso rumbo a las oficinas del club sin llamar a Matías, la cita era inmediatamente.

Cuando entró en el despacho del

presidente, lo encontró con el mismo traje y corbata de la tarde anterior, bastante arrugada de tanto tirar de ella y limpiarse el sudor debido al nerviosismo. Estaba a punto de darle un síncope.

—Tranquilícese, don Mentolín –le recomendaba la secretaria.

Al ver a la detective, tiró de la corbata para limpiarse la frente una vez más, y se giró hacia ella.

—Al fin estás aquí, Cloti. ¿Has oído los comentarios de los aficionados?

—No sé a qué se refiere –respondió la detective.

—En el Twitter nos ponen fatal –la informó el presidente–. Que si el equipo está acabado, que si Pedrita patatín, que si la pibita patatán. Me va a dar un ataque de nervios. Entréguele el informe, Manolita, por favor –le pidió a la secretaria.

Manolita le entregó un folio con los comentarios que habían aparecido en Internet tras el partido, y Cloti leyó para sí misma.

El primero decía: *Si ves un partido de*

Las Gallinas Coloradas, te rayas un poco porque te pierdes.

Otro: *Las Coloradas siguen palmando y don Mentolín fallando. Promete que lo arreglará y no lo arregla. Los aficionados vamos a sucumbir con don Mentolín.*

La Albondiguina está acabada, mete menos goles que la perrita Milú.

Tanto con la pibita, la pibita, y tropieza más que el caballo del malo. ¿Que no se encontraba bien? Corta el rollo, cara bollo.

En cuanto a la portería, Miguelina también se llevaba unos cuantos comentarios:

Miguelina es tan buena porterina que se las meten coladas. Miguelina bajo los palos es una coladera. ¡Ay, Miguelina, Miguelina, que no estás fina!

Aquellas opiniones desquiciaban al presidente.

—Es injusto –comentó–. Los del Portillo nos hicieron un penalti de libro que el árbitro no pitó, y de eso nadie habla. ¡Ay! Desde que me han traído este informe estoy desquiciado.

—Esta mala racha pasará –opinó Cloti–.

No hay mal que cien años dure. El equipo volverá a jugar como antes, y los aficionados se reconciliarán con el club.

—¿Significa eso que has avanzado en el caso? Porque si no, te ceso —la miró el presidente.

—Hemos avanzado. Mi ayudante y yo tenemos un plan que…

Don Mentolín hizo salir a todo el mundo del despacho, y Cloti le esbozó el plan. Se trataba de tomar unas muestras en el vestuario de *Las Coloradas* durante el partido del sábado para analizarlas y… Estaban seguros de ir tras una buena pista.

—¿Muestras de qué? –preguntó el presidente.

Cloti no especificó. Prefería ser prudente, no pondría en peligro la investigación.

Don Mentolín no se quedó muy convencido, pero ¡qué remedio!

—El sábado jugamos contra el Sportin de Villa Justina –dijo–. Tengo entendido que los del Sportin les entregarán unas medallas a unos antiguos jugadores en el intermedio.

—Eso nos vendrá bien, gracias por la información –se las dio Cloti–. Me gustaría preguntarle algo. ¿Le ha dado la *papela* a Dimitri?

—Se la he dado, se la he dado –admitió el presidente–. Lo sustituirá Pepito Floro hasta que contratemos un nuevo entrenador.

Así que a Dimitri, finalmente, le habían cortado el peluquín, se dijo Cloti. Se despidió, y una vez en la calle sintió alivio. En aquel despacho se respiraba demasiada presión.

Aunque había mencionado el plan, no las tenía todas consigo respecto a cómo se desenvolvería Matías disfrazado de árbitro. Que Santa Margarita, patrona de Villa Cornelia, los cogiera confesados. El caso quedaba completamente en sus manos.

Matías se presentó el sábado en la agencia hecho un flan. El plan era demasiado arriesgado, solo pensar en él lo aterrorizaba.

Se trataba de disfrazarse de Filipito en el descanso del partido para poder entrar en el túnel de vestuario. Si descubría que no era el árbitro se metería en un buen lío.

Pero, si lograba pasar, nadie se ocuparía de él.

No debía encontrarse, eso sí, con el auténtico Filipito y todo iría perfecto. Tomaría las muestras de los sándwiches y las tortitas con sirope sin que nadie lo viera, y saldría al campo de nuevo, se quitaría el disfraz, y todo habría acabado.

—Es supersencillo, Matías –intentaba animarlo Cloti.

—Sí, supersencillo, supersencillo –ronroneaba el ayudante.

Si se le caía la barba postiza en el momento crítico de entrar, lo que se le iba a caer era el pelo, y no precisamente el de las barbas.

Se preparó varias tilas para calmarse, y, llegada la hora, eligió un traje negro de árbitro en la habitación de los disfraces, medias, zapatillas deportivas y unas barbas. Cloti lo metió todo en su gran bolso, y partieron rumbo a Villa Justina con el tiempo necesario para llegar a la hora del partido.

Entraron en el estadio como dos aficionados más. Cloti llevaba la radio y el pinganillo dispuesta a escuchar al loro Pérez, que ya hacía los primeros comentarios.

Las Coloradas jugaban contra el Sportin, el equipo de la ciudad, con fama de cerrarse atrás y defender muy bien su portería y al que le metían pocos goles.

Las jugadoras del equipo colorado y los jugadores del Sportin salieron al campo, sonaron los himnos de los clubes, y empezó el partido.

Las Coloradas iniciaron su juego con brillantez. Puro exhibicionismo, se dijo Matías con orgullo, mientras el equipo contrario no se comía un colín.

—Están haciendo su juego técnico, me gusta —comentó.

Y llegó el primer gol de la Albondiguina, el loro Pérez lo narró con entusiasmo.

—*Petrosca y la pibita bajan por las bandas. Petrosca cambia de dirección y manda la pelota a la pibita, la pibita con un pase largo a Romiriña, Romiriña a la Albondiguina y llega el primer…*

*goooooooool. Gooooooooooooool. Gol, gol,
gol. Gooooooooooool.*

Los del Sportin se encerraron en su
campo, pero **Las Coloradas** estaban imparables.

—*Cosca retrasa el cuero...*

—¿Qué dice el loro? ¿Que se retrasa en
cueros? –preguntó Cloti.

—No en cueros. Será que retrasa "el
cuero" –le explicó Matías.

Y llegó el segundo gol.

—*Ahí está, ya llegó, el segundo gol
de la Albondiguina. Dos a cero a favor de
Las Coloradas –narraba el loro Pérez.*

El equipo metió un tercer gol, esta
vez de Pedrita. Tres a cero. El descanso se
acercaba, los detectives abandonaron sus
asientos y se dirigieron a los lavabos más
próximos al túnel de vestuarios. Era el
momento de disfrazar a Matías.

Una vez vestido de árbitro, Cloti le
colocó las barbas.

—¡Pedazo de barba! –exclamó–. ¡Qué
pelambrera! Ni yo te reconozco. Esto sí que
son unos pelos y unas barbas en toda regla.

—Pégalas bien –le pidió el ayudante tirando de ella, separándola del rostro con demasiada facilidad.

Cloti le puso una buena cantidad de pega-pega, y la barba quedó tan adherida a la piel que no se despegaba ni con un buen tirón.

Salieron de los lavabos y caminaron hacia el túnel de vestuarios.

—¡Ay, que los aficionados me miran! –se aterrorizó Matías.

—Tranquilízate. Nadie se ha metido con el árbitro hasta ahora, está pitando bien, nadie va a meterse contigo. Ha acabado la primera parte, ahora empezará el acto de la entrega de medallas. Ha llegado el momento, Matías, corre al vestuario, adelántate al auténtico Filipito.

Matías dio los primeros pasos sin la compañía de Cloti. "¡Ay, qué nervioso estoy! ¡Que me da, que me da un telele!", se dijo acercándose al objetivo. Inclinó la cabeza al cruzar el túnel para que el segurata no le viera el rostro. "¡Qué nervios!", se volvió a decir.

"Me patinan las neuronas. Por favor, por favor, que no me patinen que me patinan." Debía entrar en el túnel sin que el vigilante descubriera que no era Filipito.

Al guarda de seguridad se le veía muy serio con las manos cruzadas atrás y gesto compungido, más que nada porque era del Sportin de Villa Justina y le acababan de enchufar tres golazos.

Matías lo miró por el rabillo del ojo al pasar ante él, y al verlo vestido de árbitro se hizo a un lado para facilitarle el paso. "¡Bravo! ¡Bingo!", se dijo el supuesto árbitro todavía hecho un manojo de nervios. Y se metió para dentro.

Había logrado entrar en el túnel. Cloti era un genio, el disfraz había dado resultado.

Se cruzó con varios pollos con ropa deportiva, que también lo tomaron por el árbitro y lo saludaron con total naturalidad. Todo iba miel sobre hojuelas.

Pronto halló el vestuario de Las Gallinas Coloradas. Era inconfundible lleno de bandejas de sándwiches y tortitas con sirope, con las camisetas rojas del equipo preparadas, cada una en su sitio, para que las jugadoras se cambiaran en el intermedio.

Ñan, ñan. Le daban ganas de lanzarse sobre una de aquellas bandejas tan apetecibles, al verlas le había entrado una gusa... No pudo remediarlo, alargó la mano y se zampó un sándwich y una tortita.

¡Ñan! ¡Qué rico! De buena gana habría comido más.

Trazó un plan mental superrápido: uno, sacar la pequeña bolsa de plástico que llevaba en el bolsillo. Dos, coger un sándwich y una tortita con sirope y meterlos dentro. Tres, guardar la bolsa en el bolsillo del pantalón; por suerte el uniforme de árbitro tenía bolsillo. Y cuatro, ahuecar, salir por patas de los vestuarios.

Metió los sándwiches y las tortitas en la bolsa y esta en el bolsillo, mas no logró salir del vestuario, alguien llegaba, los pasos se oían cada vez más próximos. ¡*Horreur*! Aquello no estaba previsto, el plan de Cloti hacía aguas por todos lados.

"¡Rápido! ¡A esconderse!", se dijo metiéndose en la primera ducha. Todas contaban con una cortinilla, y tenía entendido que las jugadoras no se duchaban hasta el final del partido.

¿Quién había entrado? Observó por la rendija de la cortinilla y... ¡Filipito! ¡El auténtico Filipito estaba allí! ¡Qué extraño! Los árbitros no solían entrar en el vestuario de los jugadores. Filipito se fue derecho a la bandeja de sándwiches, se comió unos cuantos, luego se acercó a las tortitas, se tragó la primera, y se habría tragado algunas más de no ser porque la utillera entró en aquel preciso momento y al verlo comiendo ante la bandeja...

—Eh... ¡Qué demonios! –exclamó–. Así que tú eres el ladrón que roba mis sándwiches. Toma, toma y toma.

Le dio varios golpes con la zapatilla de una jugadora, con tan mala fortuna que el árbitro resbaló, calló y quedó *K.O.* en el suelo.

—¡Te lo tienes merecido por ladrón! ¡Arrea: el árbitro!

Le dio un par de meneos a ver si lo reanimaba, mas este parecía sumido en un sueño profundo.

"¡Caramba con doña Antolina!", se dijo Matías sin dejar de observar. Menos mal que a él no lo había pillado cogiendo el sándwich.

—¿Y yo qué hago ahora con usted? –exclamó la utillera.

Le dio otro meneo sin resultado, Filipito no despertaba. ¡De la que me he librado! Esta señora es una bárbara se dijo Matías.

A la utillera se le ocurrió meter al árbitro Filipito en una ducha y refrescarlo a ver qué pasaba. Por suerte no en la que se encontraba Matías. Lo arrastró hasta la de al lado y abrió el grifo, y el agua empezó a caerle sobre la cabeza y las barbas, pero no despertó.

Cuando las barbas de tu vecino veas pelar echa las tuyas a remojar, se dijo Matías.

—¡Don Filipito! ¡Don Filipito! ¡Espabile! –exclamaba la utillera.

No había manera de hacerlo reaccionar y la señora Antolina desistió.

—Iré a buscar ayuda –dijo.

Se marchó, momento que Matías aprovechó para salir de su escondite y entrar en la ducha de al lado, a ver cómo se encontraba el árbitro.

—Don Filipito, don Filipito –intentó reanimarlo.

—¿Ha acabado ya el partido? –habló Filipito con un ojo medio abierto y el otro cerrado–. Oh, qué bien. Estupendo. Hoy he triunfado, he triunfado.

Estaba de siete sueños, y Matías salió de la ducha dispuesto a largarse. ¡Cuidado! Alguien se acercaba. Sonaron pasos y otra vez se escondió.

Deseaba regresar con Cloti y no había manera de salir de allí.

Miró por la rendija de la cortinilla y vio a alguien de espaldas. Volvió a mirar y allí seguía. Al fin se marchó, salió del escondite, asomó la cabeza por el pasillo y le pareció ver a un pollo que giraba por el recodo. No vio a nadie más, era el momento de evaporarse.

De pronto, un tropel de pasos y un vocerío llegó hasta él. El acto de las medallas había acabado, y las jugadoras se dirigían al vestuario y giraba ya por la esquina del pasillo. No le quedó más remedio que esconderse de nuevo en la ducha. Al entrar en ella, su mirada topó con la camiseta de la Albondiguina, preparada como las otras para que las jugadoras se cambiasen, y no pudo resistir a la tentación de alargar la mano y cogerla.

Fue un impulso. ¡Una camiseta de la Albondiguina! No lo pensó. Alargó la mano y la cogió. No le cabía en el bolsillo, ¿dónde la guardaría? Se quitó la camiseta de árbitro, se puso la colorada, la de árbitro encima, y ya estaba. ¡Genial! Cuando llegara a casa la pondría en una vitrina.

Matías se sentía el más feliz de los aficionados con la camiseta de su gran ídolo. No una de esas que vendían en las tiendas deportivas, sino una de verdad, que la jugadora se habría puesto en la segunda parte de aquel partido en el que ya había metido dos goles.

Las Coloradas entraron en tropel en el vestuario entre risas y bromas. Como iban ganando todo era buen humor.

—¡Hurra, hurra, hurra! ¡La Albondiguina es la que chufla! –le cantaban sus compañeras.

La subieron a hombros y la pasearon por el vestuario.

Matías disfrutaba observándolo todo. De buena gana se habría unido a la fiesta. Aunque, por otro lado, deseaba que acabara cuanto antes para salir de allí. Las cosas se habían complicado demasiado.

Las jugadoras se zamparon todos los sándwiches y las tortitas sin dejar rastro, y se cambiaron de camiseta. La Albondiguina dijo que la suya no estaba, el entrenador le proporcionó una del montón de reserva que la utillera solía prepar, y salieron al campo para jugar la segunda parte del partido.

Al fin Matías se quedó solo. Había llegado el momento de poner los pies en polvorosa. A correr tocaban, conejo que se duerme se lo lleva la corriente.

Salió del escondite y entonces… ¡La voz y los pasos de la utillera otra vez! No iba sola, sino acompañada por dos árbitros auxiliares.

—¿Está segura, doña Antolina, de que el árbitro Filipito se encuentra en el vestuario de Las Gallinas Coloradas? –le preguntaba uno de ellos.

—Lo estoy –respondía la utillera–. Yo misma lo he metido en la ducha.

—No puedo creerlo –comentaba el otro entrando ya en el vestuario–. Y nosotros buscándolo por todas partes.

Matías, que había estado más pendiente de la conversación que de esconderse de nuevo, al verlos se quedó petrificado allí en medio, sin atreverse a dar un paso, así que se toparon con él.

—¡Filipito! –exclamaron los árbitros auxiliares–. ¿Qué haces aquí?

—Esto, pues yo… –balbuceó Matías.

—Vaya. Veo que al fin se ha despertado, don Filipito –dijo la utillera con voz regañona–. ¡Y qué pronto se ha secado!

—Esto, pues yo… no soy Filipito.

El árbitro auténtico árbitro se encuentra en la ducha cual bella durmiente. Dígaselo usted, doña Antolina.

—¿Yo? No me venga con bromitas, que no estoy de humor. Si lo estamos viendo todos aquí, delante de nosotros –replicó la utillera.

Primero se come mis sándwiches y ahora dice que no es él. Este pollo está como un cencerro, se quedó ronroneando.

—Que no, que no, que no soy el auténtico Filipito. Anden, compruébenlo en la ducha.

—Que sí, que sí –replicó la utillera.

A Matías estaba a punto de darle un patatús. La utillera tenía la bombilla fundida. Era una gallina sin cabeza, que razonaba menos que un poste de la luz, se dijo. Aquella señora tenía menos cabeza que una anchoa. ¿No se daba cuenta de que él no era el árbitro?

Los árbitros auxiliares intercambiaron una mirada. ¿Se había vuelto loco Filipito? Sería un golpe de calor, pensó uno de ellos. Los golpes de calor trastornaban la mente.

Eso habría pensado de no ser porque en Villa Justina hacía un frío de mil demonios.

—Vamos, Filipito. En el campo te esperan para que comience la segunda parte. Ya sabes que no se puede empezar sin ti. Vamos, vamos, compañero, hay que arbitrar el partido.

—¿Es que nadie me cree? –protestó Matías–. Tírenme de las barbas y verán. Anden, anden, tírenme de las barbas, que son postizas.

Insistió tanto que le tiraron de las barbas, pero Cloti había puesto demasiado pega-pega.

—¡Ay! Basta, basta. ¡Qué me arrancan la piel! –gritó Matías.

Los auxiliares lo tomaron de un brazo cada uno y lo sacaron al campo. El partido debía comenzar.

—Que tengas suerte –le desearon sus compañeros auxiliares–. Que pites una buena segunda parte. No permitas que los jugadores se te suban a las barbas, que menudas pelambreras tienes, Filipito. Anda, pita ya.

—¡Socorro! ¡No soy Filipito! ¡No soy Filipito! ¡El auténtico Filipito está en la ducha! En la ducha, en la ducha, en la duchaaaaa… –gritaba Matías.

Sus compañeros le pusieron el silbato en la boca, y a Matías no le quedó más remedio que pitar el comienzo de la segunda parte del partido.

*

Extraño árbitro

Matías no regresaba y Cloti empezaba a preocuparse. ¿Lo habrían descubierto en el vestuario? Intentó tranquilizarse, lo más probable era que se presentara de un momento a otro. Se puso el pinganillo y prestó atención al campo, el árbitro acababa de pitar el inicio de la segunda parte.

La cosa no podía ir mejor para *Las Coloradas*. Nada más echar la pelota a rodar, la pibita Pereira metió un gol.

—*¡Gol! ¡Gol! ¡Gol! ¡Gol! ¡Goooool! ¡Gol de la pibita!* –narraba el loro Pérez en la radio de Cloti.

Otro gol y Matías sin aparecer, se dijo esta. Debió esperarlo a la salida del túnel para ayudarlo a quitarse el disfraz. Habían quedado en otra cosa. Tras coger las muestras, él se quitaría las barbas y saldría tranquilamente del vestuario. No obstante, debió ir a esperarlo. No regresaba y la preocupación iba en aumento.

—*Este partido va a ser una cascada de goles por parte de Las Coloradas. Para que luego digan que no saben dónde ponen los pies* –comentaba el loro Pérez.

Con el gol de la pibita, los seguidores del equipo iniciaron sus cánticos entusiastas. Matías también se entusiasmó y empezó a saltar y a gritar sobre el césped:

—¡Gol, gol, gol, goooooool! –gritaba.

Hasta que le llamaron la atención.

—El árbitro ha de ser imparcial –lo riñó un jugador del Villa Justina.

Matías calló sin dejar de pensar que la pibita Pereira era una joya. En apenas transcurridos diez minutos había metido su gol. ¡Qué grandullona vista de cerca! ¡Qué fortachona! Estaba cuadrada. Un empujoncito suyo y lo dejaría para el arrastre. Los músculos de los brazos eran auténticas morcillas. Claro, con tanto como comían en el descanso... En realidad, vistas de cerca, todas estaban cuadradas.

De pronto una jugada conflictiva, precisamente con la autora del gol. El pollo Bobisov y la gallina Draculinova, del Sportin, corrían tras la pelota. La pibita, que no se sabía para dónde corría, se puso en medio y se la llevaron por delante.

Matías iba a sacar dos cartulinas amarillas, una para Bobisov y otra para Draculinova. Debía arbitrar bien el partido o se lo comerían a cucharadas. Pero se confundió. Hasta él llegó un olor extraño que le hizo llevarse la mano a la nariz. Luego se la llevó al bolsillo, y en lugar de dos cartulinas amarillas sacó una roja y expulsó a la pibita, que se retiró llorando al banquillo.

Había expulsado a una de sus jugadoras preferidas, esto de ser árbitro era un horror, se dijo. De todas formas, la pibita era una superllorona. ¡Le daba cada pataleta!

Se lio un buen lío.

Las Coloradas lo rodearon protestando.

Que si la culpa había sido de Bobisov, que de bobo no tenía ni una pluma de pollo, y de Draculinova, que si por aquí, que si por allí…

Matías empezó a sentirse fatal, mucho más cuando hasta él llegaron las protestas de los aficionados.

—¡Árbitro vendido fuera del partido! –se oía más de una voz.

—¡Lechuguino! ¡Mequetrefe!

Las Coloradas, por su parte, seguían protestando. Que si no le tenía que haber sacado la tarjeta roja a la pibita, que no se lo merecía, que si tal y que si Pascual.

—Nunca llueve a gusto de todos –los riñó Matías–. A mí no me gustaría estar aquí, a mí lo que me gustaría es una lluvia de pastelitos.

Quedó abstraído pensando en los pastelitos. ¡Qué delicioso momento el de abrir la boca y recoger unos cuantos de chocolate!

Las Gallinas Coloradas se habían quedado con una jugadora menos. No obstante, nada más proseguir el partido, la Albondiguina, en un alarde de su genio genial, corrió para arriba y metió su tercer gol, el cuarto del partido. Llevaba nada menos que un triplete.

Matías quedó pensativo. ¿Sería verdad que él a quien amaba era a la Albondiguina, como decía Cloti? Por un momento sintió que su corazón se inclinaba hacia la Albondiguina. Sobre todo después de aquel gol. ¿Se habría enamorado de ella? Oh, sí. Amaba a la Albondiguina, a la Albondiguina, a la Albondiguina.

Meter aquel golazo había sido apoteósico. Las gradas se venían abajo del entusiasmo de sus seguidores. ¡Qué bien! El público, contento, dejó de meterse con el árbitro.

Otra vez aquel olor. ¡Qué extraño olor!, se dijo Matías. ¿De dónde venía? Se llevó las manos a la nariz. No comprendía cómo en un campo tan amplio, al aire libre, le llegaba aquel olor penetrante.

Empezaba a sentirse cansado. Si hubiese sabido que haría de árbitro corriendo para arriba y para abajo, habría entrenado.

Con tanto movimiento empezaba a marearse. ¡Uy, qué mareo!

Una de las jugadoras del Villa Justina, la gallina Pipistova, corría ahora como un rayo hacia la portería de *Las Coloradas*. Matías intentó seguirla. Reunió todas sus fuerzas, y se dio tal carrerilla que, al llegar a la portería, no pudo parar y se la pegó contra la red metiendo una mano por uno de los agujeros. Con tan mala fortuna que la Pipistova, a la que también llamaban cañoncita pun-pun, lanzó un zambombazo desde cierta distancia y le dio en la cocorota. Y él sin darse cuenta desvió la pelota con la mano fuera de la portería.

—¡Mano dudosa! –exclamó alguien.

Y tan dudosa. Como que había sido la mano del árbitro, es decir, la de Matías, la que había impedido el gol. Los del Villa Justina reclamaban penalti; un penalti clamoroso que a Matías no le quedó más remedio que pitar para que no lo marearan más de la cuenta.

Todo aquello era muy estresante.

El balonazo que le había dado cañoncita pun-
-pun en la cocorota lo había dejado grogui.

—¡Ay, que me estreso, que me han
dejado grogui! –exclamó.

Las Coloradas se le echaron encima
protestando y protestando esta vez por el
penalti.

—Hijas mías, si es que sois unas
protestonas –les dijo Matías.

La que más protestaba era Pedrita,
y Matías la regañó.

—Eres una bocazas que no deja de
protestar –le sacó la tarjeta amarilla–. Hala,
a callar. Chupona, que eres una chupona.
Tendrías que pasar más la pelota a tus
compañeras, rica, que luego pasa lo que pasa,
y Miguelina de Tomasa. Solo quieres que
te pasen la pelota a ti, y eso no puede ser.

—¿Chupona yo? –exclamó Pedrita.

La cosa se lio más y a Matías no le
quedó más remedio que expulsarla del
campo. No podía permitir que las jugadoras
se le subieran a las barbas, como le habían
advertido los árbitros auxiliares.

—Vamos, corre, ábrete, ahueca, desaparece de mi vista. Corre, corre, corre –le sacó tarjeta roja.

¿Pedrita era del Sportin de Villa Justina o de *Las Coloradas*? Matías se sentía confuso. La expulsó del campo sin estar seguro del equipo al que pertenecía. ¡Ay que no me entero, que me aturullo!, se dijo. Y pitó para que prosiguiera el partido. Llegó el gol de penalti del Sportin de Villa Justina, después otro, y se lio de nuevo.

¿De qué iba la cosa esta vez? Con lo bien que estaría yo sentadito en mi sofá oyendo el partido por la radio, se dijo. Si por mí fuera pitaría el final ahora mismo. No se enteraba de nada y acabó expulsando a otra Colorada.

Antes de pitar para que prosiguiera el juego, la Albondiguina se le acercó. Necesitaba ir al lavabo.

—Al lavabo, al lavabo –la riñó Matías–. Ahora que el juego va a continuar. ¿Qué pasa? Claro. Tanto zampar en el vestuario… Anda, ve. Y vuelve rápido que esto continua sin ti.

Aprovechando la situación en que *Las Coloradas* se encontraban, con tres jugadoras menos y la Albondiguina en los lavabos, las del Villa Justina se crecieron.

—¡Tomad, Gallinas Coloradas! –gritó la Pipistova.

Y les metió otro gol. No en vano la llamaban cañoncita pun-pun.

Llegó el siguiente y otro más y empataron el partido. El público protestaba, el estadio era un clamor, y no precisamente a favor de *Las Coloradas* ni de don Mentolín.

Primero protestaron contra Pepito Floro, el segundo entrenador.

—Pepito, vete ya, Pepito, vete ya, Pepito, vete ya, Pepito, vete ya.

Y eso que acababa de llegar el pobre y era su primer partido.

Una nueva jugada conflictiva puso a Matías con los nervios a punto de estallar. Pedrita le pasó la pelota a Romiriña, Romiriña se la devolvió a Cosca, esta otra vez a Romiriña, y Romiriña a Candela, la pelota salió fuera, Matías pitó a favor del

Villa Justina y se armó un nuevo cisco.

Los aficionados empezaron a increpar a las jugadoras:

—¡Anda, hijas, que no dais una!

—No sé qué haría yo si fuera el presidente!

—¡Parecéis muñequitas!

—¡Con el dinero que ganáis!

Candela le protestó al árbitro:

—No he sido yo, la pelota la han tocado las contrarias.

—Es verdad, la han tocado las contrarias, la han tocado las contrarias, las contrarias —protestaron varias más. Una de ellas añadió—: Draculinova metió la pierna y la pelota salió fuera.

—Para mí que ha sido la propia Candela quien ha metido no la pierna, sino la pata —dijo Matías.

—¿La pata yo? ¿Yo la pata? —exclamó Candela—. Yo no he sido, ha sido Draculinova.

—Mira, no me comas la oreja —dijo Matías—. Tramposa, que eres una tramposa, pisando a las jugadoras del equipo contrario.

—Ha sido Draculinova, Draculinova, Draculinova, Draculinova… –gritaron *Las Coloradas* a un tiempo.

Matías no se imaginaba a unas jugadoras tan respondonas. Candela protestó agitando los brazos y, sin darse cuenta, le soltó una torta a Bovicosva, del equipo contrario.

"¡Qué galleta, Mari Pepa!", se dijo Matías. No le quedó más remedio que pitar y expulsar a Candela.

—Esto no es deportivo –las regañó a todas–. ¿Dónde está vuestra deportividad?

El asunto se había liado bastante y Matías no se aclaraba. *Las Coloradas* protestaban de nuevo, y las protestas subían de tono. Menos mal que logró escabullirse. Se alejó del barullo por miedo a recibir un golpe. Se encontraba mareado, así no había manera de pitar bien un partido. Miró de reojo a las gradas, los aficionados rugían. Aguzó el oído y al oír que gritaban contra él se quedó patidifuso:

—¡Árbitro vendido, fuera del partido! –gritaban otra vez.

—¡Gaznápiro! ¡Mequetrefe! ¡Vaya partido que estás pitando, monada!

A Cloti el árbitro no le parecía ningún mequetrefe. Había expulsado a un montón de jugadoras y eso requería valor. Bueno. Eso pensaba ella que no entendía de fútbol.

De nuevo otra jugada conflictiva de la que Matías no sabía por dónde salir y que resolvió expulsando a otra jugadora, y vuelta al lío.

"¡Ay! ¡Que no me den!", se dijo al darse cuenta de que acababa de expulsar nada menos que a Miguelina, la portera de *Las Coloradas*.

Se llevó las manos a la nariz. El olor otra vez… ¿De dónde procedía? Ahora sí que se sentía supermareado.

El caos en el campo era total. Unos jugadores iban para arriba y otros para abajo, sin coordinación. La verdad es que quedaban solo tres o cuatro Coloradas, el árbitro las había ido echando a todas y tampoco podían hacer mucho más.

El Sportin de Villa Justina ganó el partido por seis a cuatro, y el público gritaba contra don Mentolín, al que le había dado un síncope en el palco y todos alrededor lo abanicaban a ver si volvía en sí.

—Don Mentolín, vete ya, don Mentolín, vete ya, don Mentolín, vete ya, don Mentolín, vete ya.

—¡Menos corbatas, no nos des la lata!

Las protestas sonaban cada vez más fuertes. Cloti empezó a sospechar. Me estoy temiendo que… ¡Ay! Que me temo lo peor. Ese gesto del árbitro me recuerda… ¡Parece Matías! ¿No será Matías?

¡Oh! ¿En qué clase de lío se había metido su ayudante?

*

Un feo asunto

Matías se encontraba en el laboratorio de la agencia muy afanado, analizando las muestras de comida de *Las Coloradas* mientras Cloti esperaba en el columpio.

Había estudiado en la Universidad unas cuantas carreras científicas y técnicas, que le servían para resolver los trabajos de laboratorio cuando lo necesitaban, como en esta ocasión.

Analizaba en el microscopio la mitad del sándwich y la mitad de la tortita con sirope. La otra mitad la había metido en sendas probetas, diluida en una fórmula química de la que muy pronto obtendría el resultado.

Si el contenido de la probeta se volvía rojo, supondría que en los sándwiches o tortitas se hallaba un componente que adormilaba a las jugadoras, y les provocaba un aturdimiento y somnolencia que las hacía jugar mal y perder. Si esto era así, alguien se había tomado la molestia de mezclar esa sustancia en la comida con una intención muy fea: que el equipo colorado perdiera los partidos. Humm…

Cloti asomó la cabeza por el laboratorio:

—¿Aún no has acabado?

Matías no respondió, tan absorto se encontraba en el análisis químico.

Cloti se metió en la casa, era de noche y hacía frío. Se preparó una taza de caldo de berenjena bien calentito, encendió el fuego del hogar y se sentó junto a él dispuesta a seguir esperando. Una cosa estaba clara, ni Matías ni ella se retirarían a dormir sin conocer el resultado.

Estaba segura de que su ayudante saldría del laboratorio con el caso resuelto. Si existía una mano negra detrás del mal juego de *Las Coloradas,* es decir, alguien interesado en que el equipo perdiera, lo descubrirían gracias a las muestras recogidas en el vestuario.

Matías se había excedido en sus funciones vestido de Filipito y arbitrando la segunda parte del partido, pensaba Cloti. Nunca debió meterse en ese berenjenal. Por suerte, los aficionados se enfadaron tanto con don Mentolín y las jugadoras que se olvidaron del árbitro y ella pudo rescatarlo del campo, y se trasladaron los dos rápidamente a la agencia en el Smart.

—¿Está ya el resultado? –asomó la cabeza por el laboratorio de nuevo.

Matías anotaba fórmulas y datos en un papel.

—Está a punto, no tardará –respondió esta vez.

Cloti regresó a la cocina y, al ver que Matías lo hacía tras ella, le sirvió una taza de caldo a él también. ¿Por qué sería que su cara no transmitía una sensación de triunfo?

—Lo siento –pronunció este con gesto serio.

—¿Qué pasa?

—Lo que pasa es lo que pasa –dijo Matías–, que no llegamos a ninguna parte. La comida está limpia, nada de sustancia adormecedora. Verás cómo al final va a resultar lo que yo me temía, que las jugadoras son unas mantas.

—Explícate, te lo ruego.

—No hay nada que explicar. En los sándwiches y las tortitas no se encuentra ninguna sustancia sospechosa. La comida no es la causa del mal juego de *Las Coloradas* en el segundo tiempo de los partidos.

Cloti se quedó sin palabras. El resultado de la prueba química no era el esperado. ¿En qué fallaba su teoría?

Las jugadoras jugaban bien en la primera parte y mal en la segunda desde hacía más de dos meses. Algo debía de suceder durante el descanso, que las hacía aparecer tan aturdidas en el campo que acababan perdiendo los partidos. Si no era la comida ¿qué era?

—¿Estás seguro? –preguntó decepcionada.

—El análisis está bien, lo he repetido dos veces –respondió Matías.

El teléfono sonó, don Mentolín quería hablar con la detective urgentemente. Cloti lo imaginó en su despacho con su gran corbata verde tapándole la camisa y su voluminosa barriga, a punto de un ataque de nervios.

—Dile que no estoy –le pidió a su ayudante–. Cuando logremos aclarar este asunto nos pondremos en contacto.

No era el momento de hablar con el presidente del club. Estaba muy excitado y más se excitaría si le decía que habían fracasado en sus pesquisas, que la investigación no los había llevado a ninguna parte. A pesar de lo cual, Cloti no se daba por vencida. Debían pensar, pensar, pensar, seguro que se les había pasado algún detalle.

—Cuéntame, Matías. Tú estuviste en el vestuario y en el campo. Dime qué ocurrió, qué viste. Hemos de analizarlo todo.

Matías estaba hambriento, un caldo de berenjena caliente no bastaría para reponer fuerzas si la jefa pretendía seguir trabajando.

Hicieron bocadillos y se sentaron al calor del fuego.

—Cuando llegaste al vestuario, ¿qué ocurrió? –le preguntó Cloti–. Concéntrate, repásalo en la mente, cuéntame hasta el más pequeño detalle.

—Cuando entré en el vestuario no había nadie y recogí las muestras –respondió Matías.

—¿Qué más sucedió?

—Pues…

Matías hizo recuento de los acontecimientos vividos en el vestuario y se lo fue narrando a Cloti.

Había oído pasos y se había escondido en una ducha. Era el árbitro Filipito, que entró dispuesto a zamparse unos cuantos sándwiches y tortitas. La utillera lo pilló in fraganti y le dio un golpe que le dejó fuera de combate. Filipito perdió el conocimiento, y la insensata de doña Antolina lo metió en una ducha.

Luego se presentaron las jugadoras, se divirtieron un rato, se zamparon lo que había en las bandejas, se cambiaron la camiseta y salieron a jugar. Después apareció la utillera, esta vez acompañada por dos árbitros auxiliares. Y, como él, Matías, había salido del escondite, lo pillaron en medio del vestuario, lo confundieron con el auténtico Filipito, y se lo llevaron a arbitrar la segunda parte del partido.

Y eso era todo.

—¿Qué pasó en el campo? –siguió preguntando Cloti–. ¿Por qué te llevaste la mano a la nariz? Yo vi cómo te la llevabas al menos un par de veces. Te quedabas parado, y las jugadoras también.

—Es verdad –recordó Matías–. De pronto notaba un olor extraño. No sé de dónde procedía y me llegaba directo a la nariz.

—Un olor, eh. Pues yo creo que ese olor aparece en los campos donde juegan *Las Coloradas* en la segunda parte de los partidos. En los vídeos que visioné, las jugadoras se pasan la mano por la nariz de vez en cuando, siempre en la segunda parte. Quizás también reciben ese olor. En cambio, no se lo he visto a los jugadores de los otros equipos, ni a los árbitros, excepto a ti, Matías. Antes no le había dado importancia, me parecía un tic de *Las Coloradas*. Ahora se la doy. ¿Por qué los árbitros y las jugadoras contrarias no se llevan la mano a la nariz ni se quedan parados, y tú y *Las Coloradas* sí? Tiene que haber alguna razón. ¿No te parece? Humm. Podría ser importante.

Los dos callaron pensativos.

—Había momentos en que parecías tan adormilado como ellas —añadió Cloti—. Quizás por eso arbitraste mal.

—¿Que yo arbitré mal? —protestó Matías.

—Reconócelo, el público te silbó.

—¿A mí? ¿Qué me silbó el público a mí?

—Reconócelo, Matías. Si hasta dejaste tirar un penalti de cabeza en plancha a la portería. Yo misma te silbé sin saber que eras tú. Me dejaste flipada.

—Flipada, flipada. Allí te quería yo ver arbitrando el partido, con todas aquellas nenazas cuadradas que se te echaban encima y no paraban de protestar. ¡Qué agresividad!

Demasiado bien lo había hecho, pensaba él. Si alguna enseñanza había sacado de aquella estrambótica experiencia era que pitar un partido era algo muy difícil.

—Volvamos a lo nuestro —sugirió Cloti—. Opino que ese olor debe de estar relacionado con el mal juego de **Las Coloradas**. No solo ellas, tú también parecías dormido. Sin embargo, ahora no lo estás. Me gustaría saber por qué.

Matías parecía desconcertado. ¿Adónde quería ir a parar la jefa?

—Tú te comiste un sándwich y una tortita. ¿No?

—Sí, pero el resultado de la prueba química es negativo. También me puse una camiseta de la Albondiguina —recordó Matías en aquel momento.

—Que te pusiste… ¿qué?

—Una camiseta de la Albondiguina. Estaba dobladita allí, tan cerca que yo, pues… Por cierto. ¿Dónde está mi camiseta? —preguntó.

Recordó que, cuando Cloti se dio cuenta
de que el árbitro era él, lo rescató del campo
al final del partido, se metieron en los lavabos
y lo ayudó a despegarse la barba; todavía
le dolía la cara de los tirones que le dio. Se
quitó la ropa de árbitro, se puso la suya, y se
montaron en el Smart rumbo a la agencia.
¿Dónde estaba la camiseta? Ah, ya. Se había
quedado en el Smart con la ropa de árbitro.

—Voy a buscarla, no quiero perderla
—anunció.

Cloti le entregó las llaves del Smart y
Matías cruzó el jardín. ¡Ay que frío, qué frío!,
abrió el coche, y allí estaba, en la parte de
atrás. Se la puso para no olvidarla, debajo
de la chaqueta del esmoquin y entró de nuevo
en la casa.

—¡Qué frío! —exclamó acercándose
a la chimenea.

Se frotó las manos y dio unos saltitos
junto al fuego para entrar en calor. Pasados
unos minutos, con el calorcito ya en el
cuerpo, empezó a sentirse fatal.

—¡Ay, que mareo! —exclamó.

Dio unos pasos y se tambaleó, tropezó con una silla y casi se cae.

—¿Qué te ocurre, Matías? ¿Por qué te has llevado la mano a la nariz?

—El olor —anunció Matías—. El olor penetrante.

Cloti corrió hasta él, le abrió el esmoquin de un tirón y dejó la camiseta al descubierto, empapada en sudor bajo las axilas. Acercó la nariz, y la retiró de inmediato.

—¡Qué extraño olor! Eres un genio, Matías. Analicemos ahora la camiseta.

El resto fue coser y cantar. Analizaron la camiseta, y de ella destilaron una sustancia adormecedora, que con el calor y el sudor de las jugadoras al correr se evaporaba y desprendía un fuerte olor. Y era el olor penetrante y la sustancia adormecedora lo que provocaba que las jugadoras corrieran por el campo aturdidas, pasando mal la pelota y chocando unas con otras y con las jugadoras contrarias.

—Alguien es responsable de esto —dijo Cloti—. Alguien ha ideado este maquiavélico plan.

—¿Quién puede planear algo así? ¡Impregnar las camisetas de las jugadoras con una sustancia para que pierdan los partidos –exclamó Matías!

—¿Quién sale beneficiado con esto? –le preguntó Cloti–. Ya sé que todos los equipos, pero me refiero directamente beneficiado. ¿A quién beneficia directamente que *Las Coloradas* pierdan? Tú eres el experto en fútbol, Matías.

—Pues yo creo que beneficiado, beneficiado directamente sale... Agárrate a la brocha que quito la escalera: Las Verdes Estratosféricas, el eterno rival. Si *Las Coloradas* pierden la liga, Las Verdes la ganarán –respondió Matías.

—Eso se llama jugar sucio. Un plan muy bien ideado para llevar a *Las Coloradas* al caos, al desprestigio y a la pérdida de títulos.

Matías quedó pensativo:

—Las Verdes solo se beneficiarán en la liga, no en las otras competiciones. Sin embargo, *Las Coloradas* están perdiendo también en la competición de Copa y en la Liga de Campeones, no tiene sentido.

—O quizás sí –replicó Cloti–. Podrían estar haciendo perder a *Las Coloradas* en todas las competiciones para despistar. Quizás Las Verdes solo se beneficien en la liga, pero haciéndoles perder los partidos de las otras competiciones desvían la sospecha. Muy listos, eh.

Matías quedó fascinado. Una vez más Cloti había resuelto el misterio. ¡Era tan inteligente! Por eso la admiraba. Y por eso la amaba. Sí, la amaba en silencio. ¡Era tan lista!

—Te amo en silencio, Cloti –dijo.

—Más valdría que fuera en silencio, Matías –se enfadó la jefa–. No seas plasta. Sigamos con el caso. Ahora hay que demostrar que estamos en lo cierto.

No seas plasta, no seas plasta, ronroneó Matías. ¡Qué radical! Así era su amada. Le había dejado el ánimo pasado por una trituradora. ¡Oh, sí! Una vez más le había partido el corazón.

—Esto, ahora que recuerdo –dijo–. Cuando estuve escondido en la ducha, alguien más entró en el vestuario.

—¿Quién?

—No estoy seguro. Lo vi de espaldas, y bien pudo manipular las camisetas. Desapareció por el recodo del pasillo. Andaba como un pollo, se movía como un pollo, y, ahora que caigo, la cresta le sobresalía entre los rizos de la cabeza.

—Pues si andaba como un pollo y se movía como un pollo, es un pollo —decidió Cloti—. Y, si la cresta le sobresalía entre los rizos, podría tratarse del masajista de *Las Coloradas*. Aquí hay gato encerrado. O mejor dicho, aquí hay un pollo que manipula las camisetas de las jugadoras.

—¡Vendido! ¡Truhan! —se enfadó Matías—. Eso que de tanto ver perder a *Las Coloradas* estaba "más quemado que el palo de un churrero". ¿No fue lo que dijo?

—Tranquilo. Ahora hay que demostrarlo. ¿Cuándo es el próximo partido? Solo tenemos que esperar y vigilar.

El siguiente partido era el sábado, precisamente, contra Las Verdes estratosféricas. Esperaron, y llegado el momento se escondieron en el vestuario dispuestos a actuar. Si estaban en lo cierto y alguien manipulaba las camisetas lo atraparían.

Primero empezó el juego.

—*Señoras y señores, Las Verdes contra Las Coloradas —anunciaba el Loro Pérez—, el partido del siglo, la repera mundial.*

Llegó el intermedio. La utillera hizo acto de presencia en el vestuario con los sándwiches y las tortitas. Y, antes de que las jugadoras se presentaran para descansar y cambiarse, entró el sospechoso: un pollo con las plumas rizadas, bolsa deportiva y una cresta que le sobresalía entre los rizos: el masajista de *Las Coloradas*, y… cambió las camisetas por otras impregnadas con la sustancia adormecedora que llevaba ocultas en la bolsa de deporte.

—¡Quieto ahí! –Cloti y Matías salieron del escondite al mismo tiempo.

Lo atraparon y no le quedó más remedio que confesar. Se había vendido al equipo contrario por dinero; es decir, a la junta directiva de Las Verdes, para eliminar a *Las Coloradas* y que *Las Estratosféricas* quedaran campeonas… Solo que ni el equipo ni nadie más del club lo sabía.

El partido acabó en empate. Y, al enterarse Las Verdes de lo sucedido, pidieron perdón a *Las Coloradas* abochornadas por el mal comportamiento de sus directivos, que pretendían ganar a toda costa con malas artes; aunque ellas no habían tenido nada que ver.

—Un asunto feo —comentó Cloti.

Al día siguiente, Cloti y Matías miraron los periódicos, en los que aparecía la noticia en primera página. Al acabar de leer, Matías dijo:

—El dinero corrompe. Hay que estar alerta, muy alerta, porque corrompe de verdad. Algunos se dejan corromper demasiado fácilmente, como ese masajista vendido por un puñado de euros.

—Sí. Un asunto feo —repitió Cloti—. Ganar así es jugar sucio, muy sucio. Lo que han hecho los directivos de Las Verdes es muy poco deportivo, y un delito que el juez ha de juzgar. Me alegra que nuestro trabajo ayude a limpiar de corrupción la sociedad, a atrapar a los corruptos, se encuentren donde se encuentren, y a restituir los valores, en este caso del deporte. "Que gane el mejor".

En aquel momento llamaron al timbre.

—¿Quién será? —exclamó Cloti—. Hoy es domingo, no espero a nadie.

Era don Mentolín sonriente.

—Gracias —dijo dirigiéndose a Cloti y a Matías—. Gracias por descubrirlo todo. ¡Cómo íbamos a imaginar en el club lo que estaba sucediendo! En agradecimiento os traigo un regalo.

Don Mentolín les entregó una caja envuelta en un papel dorado, que Cloti, que era muy curiosa, abrió rápidamente.

—¡Corbatas! —exclamó decepcionada—. Yo no las uso

—Es mi mejor colección, Matías se las pondrá —sonreía el presidente.

—Estará contento, *presi* —se animó a decir Matías.

—Estoy contento y triste –respondió don Mentolín–. Contento por haber descubierto la verdad. Y triste por comprobar cómo se han perdido los valores del deporte: el esfuerzo, la competición leal, la deportividad.

—No se han perdido, presidente. La mayoría de la gente es honrada.

—En efecto, sí. Aunque no hay que bajar la guardia.

—No hay que bajarla, en eso estoy de acuerdo –dijo Cloti.

—Y yo –añadió Matías.

—De la junta directiva de Las Verdes se ocupará el juez. Esperemos que nadie se vaya de rositas, que a esos directivos tramposos les pongan el castigo que merecen –deseó Cloti–. Y luchemos todos contra la corrupción y las trampas, aparezca donde aparezca y se dé en la forma en que se dé.

—Yo lo haré, lo prometo. Por lo que a mí respecta, lucharé por una competición sana, desde el club y desde todos los ámbitos donde me encuentre –prometió don Mentolín–.

Por otra parte, a partir de ahora, *Las Coloradas* jugarán bien, no protestarán tanto las decisiones de los árbitros y el prestigio del equipo quedará restituido.

—¿Qué vas a hacer esta tarde de domingo, Matías? –le preguntó Cloti a su ayudante cuando el *presi* se marchó.

—No lo sé –respondió este.

Cloti puso la radio y como estaban hablando de fútbol la apagó.

—Ya está bien de fútbol, me voy a una maratón de baile. ¿Te vienes? Después de tanto ver cómo se mueven las jugadoras en el campo, necesito moverme yo.

—Esto, pues yo… –balbuceó Matías.

Cloti eligió una corbata de las que don Mentolín les acababa de regalar. Un floripondio blanco con claveles que no iría mal para una sesión de baile, y empujó a Matías al Smart dispuesta a llevarlo con ella.

Tangos, boleros, salsa… Aquella iba a ser una tarde movidita.

FIN